东篱菊

叶建华 —— 著

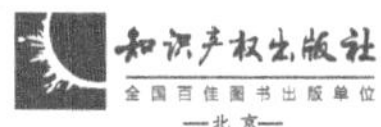

图书在版编目（CIP）数据

东篱菊/叶建华著. —北京：知识产权出版社，2019.6（2019.12 重印）
ISBN 978-7-5130-6281-7

Ⅰ.①东…　Ⅱ.①叶…　Ⅲ.①文艺—作品综合集—中国—当代　Ⅳ.①I217.1

中国版本图书馆 CIP 数据核字（2019）第 102161 号

内容提要

《东篱菊》中有翰墨情缘，有良师益友，有人生感悟，有人间亲情。温暖的文字，犹如清风出袖、明月入怀，贯穿真善美，传递正能量。

责任编辑：田　姝　　　　责任印制：刘译文

东篱菊
DONGLIJU
叶建华　著

出版发行：	知识产权出版社有限责任公司	**网　　址**：	http://www.ipph.cn
电　　话：	010-82004826		http://www.laichushu.com
社　　址：	北京市海淀区气象路 50 号院	**邮　　编**：	100081
责编电话：	010-82000860 转 8598	**责编邮箱**：	tianshu@ cnipr.com
发行电话：	010-82000860 转 8101	**发行传真**：	010-82000893
印　　刷：	北京建宏印刷有限公司	**经　　销**：	各大网上书店、新华书店及相关专业书店
开　　本：	880mm×1230mm　1/32	**印　　张**：	8.5
版　　次：	2019 年 6 月第 1 版	**印　　次**：	2019 年 12 月第 2 次印刷
字　　数：	200 千字	**定　　价**：	49.00 元

ISBN 978-7-5130-6281-7

序

建华的《醍醐茶》和《静夜思》散文集由知识产权出版社出版面世以来，受到读者好评。许多读者朋友期待建华的新作问世。在读者的期待中，《东篱菊》向您走来！

本书之所以取名《东篱菊》，是因为开我国田园诗风气之先的陶渊明前辈是建华的老乡，我们同为江西九江人。建华十分敬重陶渊明前辈“不为五斗米折腰”的风骨，以及返璞归真、崇尚自然、寄情山水、清新诗风的才情。陶渊明不仅被当时文坛崇尚，而且穿越时空受到现代人的追捧。陶渊明对菊情有独钟，吟诵了不少咏菊诗，最有名的当属“采菊东篱下，悠然见南山”。此外，还有“芳菊开林耀，青松冠岩列；怀此贞秀姿，卓为霜下杰”“秋菊有佳色，裛露掇其英，泛此忘忧物，远我遗世情”。菊对于陶渊明，是一种人格的化身，以至于后人将菊视为君子之节、逸士之操的象征。历代诗人留下咏菊佳句者不胜枚举，如李白、杜甫、白居易、李商隐、刘禹锡等，所以人们认为菊具有不畏严霜粲然独放、不从流俗卓然独立的高尚品格。唐代农民起义领袖黄巢的那首“待到秋来九月八，我花开后百花杀。冲天香阵透长安,满城尽带黄金甲”,句句赋菊,又句句言志,菊花的特征与作者的壮志水乳交融,无愧绝唱。尤其是“满城尽带黄金甲”成为当代影视大咖张艺谋精品影片的片名,曾轰动一时,成为美谈。

探究人们喜菊、赞菊、赏菊、咏菊的真谛,大概源于敬重本真、向往高洁、追求美好,尤其是经历了浮躁的当代人。《东篱菊》散文集收入了建华近年来的 50 多篇文章,其中贯穿真善美的主线,以传递正能量为宗旨,形散而神聚。

近年来,建华利用业余时间拜师访友,研习翰墨、练习书法,书法水平有所提高,书法作品被美国、日本、韩国等跨国企业老板青睐并收藏。建华在练习书法作品的同时,对书法理论进行研究,并写成一些书法理论文章。建华从 2014 年开始参与国家级博物馆——中国化工博物馆的筹建工作,奔赴长城内外、大江南北征集化工藏品、采访英模先贤。本集收入了一些令人感动、激动的文字。因此,“书法情缘”“珍藏化工”是有别于《醍醐茶》和《静夜思》的特色内容,在本集中占较大比重。《东篱菊》包含“书法情缘”“珍藏化工”“美人之美”“岁月流芳”“良师益友”“人生感悟”“人间亲情”七个板块,书法爱好者可从《书法与美女》等文章中得到启迪;创业一族可从《范旭东在纯碱市场打败英商卜内门公司的故事》等文章中得到借鉴;企业白领可从《大厂传奇——范旭东等前辈在南京卸甲甸旁激荡的历史风云》等文章中得到滋养;修身立德者可从《美人之美——为文学爱好者铺路架桥有感》等文章中有所收获;含饴弄孙者可从《凡宝的好奶奶》和《两岁的禹宝》等文章中享受隔代教育的乐趣……

《东篱菊》记录了建华的心路历程、情感起伏、真情流露，犹如清风出袖、明月入怀。相信读者朋友会开卷有益。

由于建华水平有限，书中难免存在瑕疵，恳请读者朋友给予雅正。

目录

书法情缘篇

建华与书法结缘于儿时，在外公陈廷福的熏陶下浸染文房四宝、沐浴翰墨芳香,通过给村民书写春联而长进书艺。1997 年调到北京工作后，因工作繁忙而很少泼墨挥毫。真正重拾笔墨是 2013 年担任中国化工集团公司监事部主任之后。监事部的工作职能有纪检、监察、法律、审计、信访维稳。信访维稳的工作压力不小，为了排解压力，建华重拾书法，并持之以恒。几年来，通过拜师访友、参加培训，书法水平有所提高，先后获得了中华人民共和国文化部高级书法家和国家一级书法师资质。建华坚持公益书法，为“ 小城大爱 ”等慈善组织书写了不少拍卖作品，所筹款项为扶危济困添砖加瓦。建华从 2014 年以来坚持为中国化工博物馆员工书写春联，此项活动成为该馆文化品牌。建华不仅将中国国粹艺术传播到国内乡村，而且走向世界。中国石化联合会会长李寿生先生和副会长傅向升先生将建华的书法作品作为文化礼品送给美国、日本、韩国等跨国公司老板并受到赞许。建华为中国文化走出去贡献了微薄之力，因而感到欣慰。

书法与美女

书法历来被誉为国粹,是中国艺术皇冠上的一颗明珠。而美女则是一个时代的骄傲,一个民族的名片。建华经过几十年的书法练习,近来顿悟,书法与美女有许多通理之处。略举二三与读者分享。

同被人们欣赏

美女上街,总会招来很高回头率。爱美之心,人皆有之。其实,美女不仅引来异性目光,也会赢得同性喜爱,尤其是美女本人。对镜化妆、涂脂抹粉、削骨美容,一半是为了悦己者,一半是为了己悦。

书法除了教化功能之外,供人欣赏是主要功能之一。一幅好的书法作品,会令人爱不释手、赏心悦目。唐太宗可算是书法之痴迷者,利用特权获得王羲之《兰亭序》原本之后兴奋不已、韦编三绝,不仅生前将其视为珍宝,而且死后作为陪葬,因此流传于后世的《兰亭序》均为钩仿之本。

如今书坛有“丑书”之称,所谓“丑书”令人倒尽胃口。一时之间，在特殊的生态之下“丑书”盛行，一些连楷书都没有好好练过的所谓书法家的“丑书”作品大行其道，并且售价惊人，惹来人神共愤。

由此启迪书法家，在人群中多看几眼美女，奋力创作和美女一样值得欣赏的书法作品，守住不生产“丑书”的底线。

美在微细之处

世上的美女与一般女性百分之九十八九差不多，差别之处在于百分之一二。上天造物，五官七窍、竖鼻横眉在空间布局上大体相似。为什么美女与众不同呢？也许美在曲线，或许美在传神，或者美在优雅，还可能美在优配。细微之处的优化会让人看着舒适、感觉怡情。

在墨海浸染多年的书法家，少不了遍临历代名家书帖，大都具备较深功底，但高手名家与一般书法家的区别就在于微细之处。以楷书为例，无论欧体、颜体、柳体、赵体，只要仔细观察，就会发现一个字的每一笔都是有变化的，或由细而粗，或由粗而细，或波澜起伏，或首尾顾盼；每个字则根据不同的结构，或长或短，或粗或细，或浓或浅；每幅字则要根据字数多少，设计留白着墨、加盖印章。另外，一幅作品中同样的字要有差异，忌讳雷同。最为典型的王羲之《兰亭序》中的 20 多个“之”字竟然无一雷同，成为千古绝作。

由此启迪书法家，不能满足于临了多少年的帖，写秃了多少支笔，而是要认真琢磨每位名家高手作品的微细之处，多在百分之一二上下功夫，否则一旦养成错误习惯，练得越多，错误巩固得越牢固，改起来越难，自无进步可言，可能一生与美书无缘。

赢在深厚底蕴

古人说："腹有诗书气自华。"其意思是说，由内而外的美丽会更优雅、更持久。而当今不少女性更多地注意外表的粉饰，凭借青春展示芳华，而缺乏诗书滋养的美丽很快会随着岁月的流逝而流逝。而腹有诗书的美女则不同，她们会随着岁月的流逝而更加优雅，吐露芳华。

谁能否定历尽沧桑、满头银发的田华、秦怡的美丽。以前观众对董卿的印象仅限于央视主持人、播音员的漂亮脸蛋与伶牙俐齿，当她主持了"中国诗词大会"和"朗读者"之后，广大观众不仅为她的美丽外表点赞，而且为她见景生情吟诵的唐诗宋词、控场的暖情优雅而折服。董卿由内而外的美丽在亿万观众的记忆中久久不会退场。

中国书法是集经史子集、诗词歌赋于一身的艺术。作为一位名副其实的书法家，不能仅限于把字写美丽，而是需要在一些场合即兴创作，一旦出错能够巧妙弥补。如果缺少诗书涵养，充其量只能算是一个"写字匠"。

纵观历史，王羲之、颜真卿、柳公权、苏东坡、唐伯虎等不仅是书法大家，而且是文化巨擘。对此，建华深有感悟。2017 年，中国石化联合会领导出访日本、韩国，拜访石化行业协会和跨国公司老板，邀请建华提供一批书法作品作为对外文化交流礼品。这批书法作品写什么内容呢？考虑到日本、韩国企业家大都钟情中国文化，并且不乏"中国通"，建华对这批文化礼品书写的内容进行了认真思考，最终确定为百经之首的《诗经》。之所以会确定《诗经》，要感谢我广州的朋友邢宪生先生。几年前，邢宪生先生赠我以相同字数翻译的《全本诗经浅译》专著。这本书成为我的枕边书，使我从中受益。于是，我从《诗经》中选取了“在水一方”“山有扶苏”“其命维新”“温其如玉”“德音孔昭”等美词佳句来书写。这些书法作品受到日本、韩国石化行业协会及三菱、三井等跨国公司朋友的高度青睐和真诚点赞。

由此启迪书法家，不能仅限于挥毫泼墨，还要将功夫下在书写之外，努力充实诗书，增加内涵，让美丽的书法犹如植根于沃土的春兰秋菊，香飘天涯。

书写春联背后的花絮

书写春联(或称对联)在我国有几千年历史,也成为我国春节的文化符号。在文化落后的早期,春联仅限于上层社会,随着生产力水平提高和文化普及,春联才逐渐走进寻常百姓家,尤其明清之后,写春联的风气越来越浓。即使处于温饱线上的农民家庭,也流行“有钱没钱,买张红纸写春联”的风俗。

中国人为何如此钟情于春联呢?我想主要有以下原因:

一是红色喜庆。家里贴上一副红色春联,自然会带来喜庆,增添节日气氛。

二是内容经典。春联的内容大多取自经史子集、名言名句,还有些学究夫子豪情万丈、咬文嚼字、反复推敲、量身定制春联。总之,每一副春联都寄托着美好的志向、企盼和祝愿。

三是优化风水。许多人崇尚风水,而影响风水的因素一方面是自然,如阳光、坐落、风向,另一方面则是心态情绪,家里贴上一副内容称心、书法优美的春联,每天进门见到的鲜艳的春联,会给人以激励、暗示和鞭策,无疑能起到美化环境、优化风水、愉悦身心的功效。

建华从小同外公、外婆一起生活。外公是一位饱读诗书的老夫子，写得一手好楷书。建华受外公熏陶，自小练习书法。当年农村会写毛笔字的人不多，外公的一手好字每年春节前夕就会派上用场，他为村里人写春联忙得不可开交。外公年纪大了，后来为村里人写春联的任务就交给了建华。每年写春联也成为建华的一个习惯。

2014 年，建华到中国化工博物馆工作后，每年春节前夕便为馆里员工（包括物业保卫、保洁人员）书写春联，不觉已有 4 个年头。

在“金鸡报喜去，玉犬送春来”之年，建华用了两天多时间，为博物馆同事写了几十副春联。其中有一些背后的花絮值得记忆与分享。

将李冰梅的名字写进春联

博物馆工会发出建华书写春联的通知后，中国化工百年史编辑部主任李冰梅给建华发来微信请我为他们写春联，李冰梅曾任《信息早报》总编辑，是中国化工系统文化大咖。建华受人之托，忠人之事，想着要为李冰梅创作一副有特色的春联，既要体现金鸡归去玉犬来到辞旧迎新之意，又要把“李冰梅”的名字嵌入其中，便有了一副“金鸡踏冰去，玉犬赏梅来”对联，横批为“桃李迎春”。春联写好交给李冰梅后，她非常高兴，用手机拍下春联照片立即晒到朋友圈，得到一片赞扬之声。

快乐了他人，幸福了自己

写春联，成为中国化工博物馆的一个文化品牌。几年来，建华的书法水平也有所提高,书法作品受到许多人的青睐。规划部主任高鑫堂的老家在吉林延边,他的父亲前两年来北京探亲时,建华曾以书法作品相送。老人非常喜欢,用报纸严严实实地包裹了三层,生怕坐火车时被弄坏了,回去后找了当地最好的装裱店,装了一个大框,放在了新房的正堂,并拍来照片致谢。这次高鑫堂将我书写的春联照片发给他父亲,老人看到非常高兴,并让高鑫堂向我致谢。建华给财务部主任李艳写了春联后,她立即拍下照片与爱人分享,爱人看后非常高兴,给我点赞鼓励。以书法作品给同事和家人带来快乐,不正是建华的初心吗?正所谓快乐了他人,幸福了自己。

创新词救失误

一位同事选了“天增岁月人增寿,春满乾坤福满门”作为春联内容。建华铺纸挥毫写下上联“天增”两字之后,发现用的春联纸是五字联,而不是七字联。怎么办?要么作废重写,要么创新词救失误。建华略作思考,建议改成“天增新岁月,人添好年华”。同事认为非常好。于是,一副“天增新岁月,人添好年华”的春联被同事收藏。

作为一名书法家,在书写作品时难免会出现失误,一旦出现失误,最好的办法是弥补、抢救。这就需要书法家有较好的文字功底。书写与创作是书法家的基本要求。

分享春节喜庆

书写春联是一件喜庆的事情,应当与大家分享。

2018 年 2 月 13 日，原化学工业部副总工程师、我国著名国防化工专家孙铭的儿媳李玲前来捐赠婆婆的珍贵藏品，正好赶上建华书写春联。李玲选择了一副“喜居宝地千年旺，福照家门万事兴”，横批为“狗年大吉”的春联。李玲说：今天真高兴，得到了叶老师书写的春联，都舍不得贴，应当好好珍藏。

中国化工博物馆的建设得到当地政府的关心指导。博物馆与当地派出所建立了良好关系，派出所为博物馆清理租户，对整顿开墙打洞、维护社会治安给予了大力支持。2018 年 2 月 13 日，德胜门派出所章成警官来博物馆检查春节前治安工作，正好赶上博物馆书写春联。章成警官说，真不愧是文化单位，文化气氛浓厚。章成警官本是一名书法爱好者，希望为他写一副春联留作纪念、增添喜庆。建华立即为他书写了一副“人和家顺百事兴，富贵平安福满堂”，横批为“吉星高照”的春联。章成警官非常高兴，举起红艳艳的春联与建华合影留念。

几年来，建华不仅为馆里员工书写，而且还为物业公司管理人员和保洁员书写。博物馆有两位员工当时不在，建华则利用双休日在家为他们补写，坚持做到“节日喜庆一个人都不能少”。

家学深厚清流长

——夜访书法家寻汉东先生

交友讲究一个“缘”字。

我与寻汉东先生因文博结缘，因书法相投。

汉东先生是山东滕州人，与墨子、鲁班为乡友，现任山东省化工技师学院工会主席、滕州市书法协会副主席，年过五旬。

山东省化工技师学院具有超前意识，重视文博事业。经山东省文物局批准，山东省化工博物馆由该学院负责筹建举办。

因了业缘，2016年夏，汉东先生同学院纪委书记张艳、宣传部长赵莉一行来中国化工博物馆作交流。我与馆里几个同事接待了来自齐鲁大地的同行。我们就山东省化工博物馆建设提出了坦诚的建议和应当注意的问题。他们认为我们的建议对筹建山东化工博物馆有所裨益。从此，我与他由一面之交成为朋友，并不时通过微信联系。

在交流中，我了解到汉东先生的书法造诣高深，在山东省享有盛誉。我爱好书法，喜好求教，便希望有机会向汉东先生学习请教。

一个大地吐芳的春天，我前往滕州，求教汉东先生。汉东先生得知朋友到来,非常热情。那天晚上,我和张艳、学院办公室主任段亚锋、宣传部副部长赵连强、办公室副主任张星等应邀登门。时下,能被邀请到家里做客的绝非一般朋友,这使我受宠若惊。

我们的到来犹如平静的湖面激起了一串串涟漪。汉东先生的家,面积宽敞、装饰朴素。女主人春风满面、笑脸相迎、热情好客,招呼我们就座,为我们沏好了上等香茗。

进入宽敞的客厅,映入眼帘的是铺着书法毡子的大条桌,大条桌上摆满了文房四宝,大、小毛笔不下百支,各种印章好几十方。两边立着几个大书柜,多为书法专著及汉东先生的得意之作。这间特殊的客厅与其说是客厅,不如说是汉东先生的书画室。

如果说走进汉东先生家会被瀚墨飘香熏染,会让人陶醉其中的话,那么这还只是文化大餐先行入桌的冷盘。汉东先生让我们欣赏了挂在主卧两旁的铜质楹联。这副楹联为寻氏十二世孙于乾隆辛亥暮春所书“念我高曾起家惟凭勤俭,凡兹子孙立身宜戒奢华”家训和明朝年间四世孙书写的《茶经》书法作品。有言道“明朝片纸值万金”,足见汉东先生精神富有。先辈的教导和精美的书法作品,令我们肃然起敬。这些书法作品时隔几百年,传十几代,期间经历改朝换代、战火硝烟,得以留存至今,弥足珍贵。

我记得儿时常听长辈讲,某某人家,祖上曾经风光,受过皇上题写匾额,到了子孙后代家运衰败,无知无识,竟然将皇上题写的匾额劈了当柴烧,将祖上的荣耀化作一缕青烟,实为可惜。

汉东先生家祖上的家训墨宝得以保存至今,足以说明汉东先生家学深厚、基业长青。通过了解汉东先生祖上的文化流传、家学渊源,我们理解了汉东先生对书法如此执着的理由,因为他的血管里流淌着齐鲁大地的文化基因。汉东先生的祖传家训和精美书法就像一壶年代久远越存越香的醇酒，为汉东先生的文化大餐增色添彩，令我等酒不醉人人自醉。

时间已到十点多，是上当晚文化大餐主菜的时候了。这道主菜就是观赏汉东先生挥毫泼墨。

汉东先生自小练习书法，并且持之以恒、执着追求、以此为乐，书法已成为汉东先生生活的重要组成部分。他曾与朋友戏言："在我的生命中，爱书法胜于妻子，如两者取其一的话，会选择书法。"虽是笑言，可见汉东先生热爱书法的程度。汉东先生熟读历代书法理论，遍临名家名帖，尤其对孙过庭的《书谱》记忆在胸、背诵如流。

汉东先生当场泼墨挥毫。我们看到他所写楷书、行书、草书样样皆精，尤其是狂草笔走龙蛇、龙飞凤舞、风墙阵马、首尾相盼、沉着痛快，开阔处可奔兔、紧密处不透风，每幅作品都出新意。汉东先生为我书写了一首自创诗"家中无所有，笔下墨常新。平时自娱悦，高兴也送人"的楷书，还飞舞了一首唐朝诗人王昌龄的《边塞》诗"秦时明月汉时关，万里长征人未还。但使龙城飞将在，不教胡马度阴山"。汉东先生书兴大发，不辞辛劳，为同行的几位朋友每人书写了一幅狂草墨宝。

据张艳和亚锋等介绍，他们虽是同一学院的老同事，但也是第一次到汉东先生家里求字。大家聆听了汉东先生的书法理论，得到他的墨宝，和我一样受益开心。

我也应邀为每人写了一幅字，旨在汉东先生指教时有的放矢。汉东先生在肯定我书法有进步的同时，对存在的问题一一进行指教,希望今后在用墨上要惜墨如金,书法作品要呈现浓淡相宜的层次,忌讳写一字蘸一次墨,起笔要八面落笔,注重变化,丰富线条。汉东先生还一一进行了讲解示范,使我受益良多。他还赠我一本目前国内最大版本《兰亭序》字帖,并题上“书不入晋固非上流,法不宗王讵称逸品”,勉励我多临名帖,夯实基础。

汉东先生的书法大餐可谓是“好酒好菜”,而更令人回味无穷的是他的书德。据同事介绍,汉东先生热心公益事业。只要喜爱他书法的同事、朋友向他求书法作品,他都有求必应,不以书法谋利。我在学院几位朋友的办公室都见到汉东先生的墨宝。他说:“咱拿了学院较好的薪水待遇,不愁吃穿,咱就会写几个字,别人喜欢,何乐而不为。”这就是他的书法理念、书法品德,我们顿生敬意。我有感而发,即兴赠给汉东先生拙诗一首:

寻常人家不寻常,家学深厚清流长。
执着诗书有新意,弘扬国粹播芬芳。

汉东先生是滕州市书法协会副主席。市电视台等媒体对他的书法成就进行了大力度宣传推介,他成为滕州乃至山东的书法名人。许多乡村的书法爱好者因此与他结缘,前来求教和求字者络绎不绝。汉东先生从不推辞,尽量满足有求者的愿望。按照他的说法:作为传统文化爱好者和书法家,就应当为弘扬中国文化奉献力量,将传统文化引向十字街头,将书法墨香遍布乡村角落,是自己义不容辞的责任。

大家品着女主人沏的香茗,听着汉东先生谈论书道,观赏着汉东先生泼墨挥毫,时间过得很快,不觉之间时钟已指向了 12 点。

大家仍然兴意未尽,但为了不影响汉东的老母亲及家人的休息,只得在一声声再见、祝福中结束了这次文化大餐,而金玉良言之声却长留耳畔,茶香墨香之味却回味无穷。

书法趣事

书法是一项赏心悦目的艺术。古往今来有过许多书法迷恋者,如唐太宗,花重金求得王羲之《兰亭序》原本而爱不释手,并将其带入了地下。

书法是一项缺憾的艺术。也许因为存在缺憾而增添情趣。印刷体书法作品可能没有缺陷,但难以得到人们的欣赏。

建华在练习书法的过程中发生不少趣事,现摘取几则与读者朋友分享。

取下时钟换“寿”字

有一年春节前夕,同事李辉军与我聊天时说,准备春节期间去给老姑和姑父拜年,不知送什么好。现在老人不缺吃、不缺穿,想请我帮写个大“寿”字,装裱好了送给他们,老人们肯定喜欢。大红“寿”字在堂屋一挂还能增添喜庆,并且能挂很长时间。

我说:“您这想法很好,能让老人高兴,为家庭添喜庆的事我乐意而为。”

一天,我展开红纸,饱蘸浓墨挥毫写下了一个大“寿”字,并署上了额首和落款。李辉军在书画装裱店做了装裱,红红的大“寿”

字一经装裱,更平添了几分秀丽和喜庆。

辉军的姑姑、姑父都是耄耋老人。姑父是在“中国人民抗日战争胜利暨世界反法西斯战争胜利七十周年”时被授予勋章的“老革命”。老人的一儿一女都事业有成,为他们在北京购买一套大房子。老人晚年幸福,知足常乐。

李辉军夫妇春节期间去给老人拜年,为老人送去了大红“寿”字。两位老人看了特别喜欢,要求晚辈们立即挂起来。大家一时找不到钉子,说找到钉子后再挂。

这时,姑父着急了,让晚辈们取下挂了多年的石英钟,将大红“寿”字挂了上去。老人看着大红“寿”字,高兴之情溢于言表。老人高兴,晚辈们自然也高兴。

量身定制佳词锦句

2017年,中国化工企业管理协会在江西瑞昌召开“中国化工500强发布会”期间,会议安排了建华和当地书法家在酒店的本真堂为参会代表进行书法展示。

应邀参会嘉宾李士忠先生年过八旬,是德高望重的化工部原副部长。他来到本真堂,希望建华为他写幅字。建华根据他的名字,与他商量,写入他的名字,写了一幅“士人忠骨”。士忠老领导非常高兴,拿着书法作品与建华合影留念。

应邀参会代表江苏泰兴开发区袁峰主任,身材高大,请我为他写幅字。我根据他的身材,为他写下了“厚德载物”四个大字,希望他满腹道德文章。四字一出,袁峰主任高兴地说:“这正是我所要的内容。”

中国化工企业管理协会会长王述纲来到书法交流现场，提出要我为他写幅字。我根据他的名字写了一幅“无欲则刚”。王述纲先生对内容和书法都非常满意。他说：“以前只知道建华的文章写得好，是我们《化工管理》杂志的专栏作家，不知道建华的书法水平这么高，今后可以多为协会发挥作用。”

创作新词救失误

2015 年 6 月 21 日，星火厂老朋友吴发兵陪老父亲来北京。我从西客站一家宾馆将他们接到福永御龙宾馆，第二天陪他们去了雁栖湖游玩。晚上在家里，要我为他写一幅字。我铺纸挥毫准备为他写一幅“上善若水”，一分神，下笔写了“上若”两字，发现写错了，我看着“上若”两字想，将“上若”改成什么。后来，我改成了“上若处下”，意境还可以。发兵也说喜欢，有深意，值得珍藏。

一次，中国石化联合会国际部台向敏女士请我写一幅“厚德载物”书法作品。我一落笔将“厚”字写成了“原”字，经稍许思索后便写下了“原生自然”四个字。向敏女士说特别喜欢这四个字，就这样救活了一幅错字。

一次，书法家孙克信老师准备为朋友写一幅“学海无涯”书法作品，一不留神写成了“学无”。正在思量之时，我们建议就写“学无止境”，于是帮助他化解了难题。

一次，知识产权出版社副总编辑李启章先生在为朋友的书法作品落款时，本想写“丙申荷月启章书”却写成了“丙申荷月荷”。启章先生正在为失误踌躇之时，建华建议改为“丙申荷月荷开之季启章书”。启章说：“挺好！”就这样，难题得以化解。

良师益友篇

常言道：在家靠父母，出外靠朋友。朋友是人际关系的重要部分。朋友是自己选择的亲戚。朋友尤其益友是人生的贵人。朋友对人的成长、成就起着重要的作用。在历史上，马克思与恩格斯的友情、鲍叔牙与管仲的友情成为千古绝唱、影响久远。

建华的人生路上，不仅有浓浓的亲情，而且有厚厚友情。建华之所以取得一点成绩，离不开良师益友的指导和帮助。本板块收入了建华与《人民日报》资深编辑刘庋、中央文献出版社高级编审李月兰、剪纸艺术家郝兰英、中国作家出版社高级编审贺平、江西省永修县原文联主席高宗华、化工出版社办公室副主任赵媛媛、小区邻居蔡美华以及小朋友许子宸等良师益友的友情。相信对读者朋友珍惜情缘、注重交友会有所借鉴。

虔诚刘虔

——建华与刘虔老师的情缘

建华与刘虔老师相识于1994年。化工部主办的《中国化工》杂志社在位于江西永修的化工部星火化工厂召开的“走向新世纪”笔会，杂志社温洪和朱建华两位老师特邀了时任《人民日报》高级编辑的刘虔老师前往。刘虔老师在会上与全国化工系统的20多位文学骨干进行了座谈讨论，讲授了文学创作经验与体会。刘虔老师还应邀为星火化工厂主办的《星火报》的220多名记者、编辑和通讯员做了一场关于文艺创作的专题讲座，使听众大开眼界、收获新知、受益匪浅。

刘虔老师对《星火报》很感兴趣，要来了几年的合订本，其中文艺副刊更吸引他的眼球，为山沟里有这么高水平的文学作品点赞。刘虔老师从中筛选了10多篇散文、诗歌，表示这些作品可以在《人民日报·大地》副刊上发表。山沟里的文学青年的作品可以登上《人民日报》的大雅之堂，给厂领导和文学青年带来了极大的欣喜。

虔哉刘虔！刘虔老师言而有信，回到北京后，即用《人民日报·大地》副刊将近一个整版登载了星火厂文学青年的作品。从此，刘虔老师也在我们星火文学青年心中扎下了深根，大家十分感激他。这个故事成为星火厂流传久远的美谈,也给无数星火厂文学青年带来了自信,增添了创作激情,因此从星火山沟里走出了一批省市乃至国家级作家。他们用笔讴歌时代,赞美生活,弘扬真善美,传递正能量。

建华于 1997 年调到北京工作,此后与刘虔老师少有联系,但有缘人总会有相见之时。2008 年 6 月的一天,在中关村图书大厦王小平女士的《奇迹》新书发布会上与刘虔老师偶遇,令建华高兴不已。这次见面时间仓促,只作简单交流,留下手机号码后匆匆而别。建华为此发了一篇博客,上传了照片,记载这次相见,后来与刘虔老师保持着短信、微信联系。刘虔老师给建华转发过一些邀请参加征文投稿的信息。

建华在与中国化工作家协会温洪、朱建华、陈丹江等朋友相聚时,常说到刘虔老师对中国化工作家协会的关心和帮助,敬佩他的和善低调、为人虔诚。

刘虔,湖南武冈人,1957 年考入武汉大学中文系;1962 年毕业分配到北京工作。他当过教师,后又到大学做校报编辑,1980 年调入《人民日报》文艺部,任《人民日报 · 大地》副刊编辑 20 余年。刘虔老师高中时就开始诗歌创作,1961 年发表处女作《向着太阳歌唱》,已出版散文诗集《春天,燃烧的花朵》《心中的玫瑰》《思念之声》《夜歌》及合集《大地与梦想》,另有报告文学集《拒绝平庸的年代》《杨靖宇的故乡》《食人魔窟》等面世。其作品曾获 1986 年杜康杯散文奖,1991 年大连日报五彩城散文大奖赛一等奖,2001 年“共和国的脊梁”报告文学一等奖。2007 年他荣获中国现代文学馆、文艺报等单位颁发的“当代中国优秀散文诗作家”称号,1992 年成为中国作家协会会员。

建华应中央党校赵颉同学之邀,一天晚上在亚运村两湖轩与刘虔老师及夫人刘治平老师等相聚。与上次见面已时隔 8 年,仿佛岁月并没有使刘虔老师发生多少改变。他依然思维敏捷、精神矍铄、脸庞红润、谈笑风生,看上去要比实际年龄年轻很多。

刘虔老师愿意培养文艺新人,以此为乐。包括莫言、朱建华等在内的文艺大家莫不感恩于当年刘虔老师慧眼识珠,为他们提供肥沃“大地”,促进他们茁壮成长。

刘虔老师笔耕不辍,常有新诗佳作问世。他告诉我们,最近有一本 30 多万字的散文诗即将出版面世。我们期待着又一朵文学奇葩的盛开。

刘虔老师经常关注建华的微信,对我的文学创作和书法练习给予了肯定。建华送给刘虔老师一份 2016 年 10 月 13 日的《中国化工报》,第六版以一个整版发表了建华撰写的《大厂传奇》,介绍了工业先驱范旭东和化工专家侯德榜创办民族化学工业的动人故事。刘虔老师浏览之后,认为这方面的历史题材应当深入挖掘,中国化工博物馆做了一件功在当代、利在千秋的好事。老一辈奉献、奋斗的历史应当好好书写,对于提振民族信心、传递正能量大有裨益。化工行业作家天宽地阔、大有可为。

谈起文学,刘虔老师极度兴奋。他对赵颉的诗歌给予了充分肯定,并应邀为赵颉的诗集作序赋诗,令赵颉兴奋不已。

中国化工作协陈丹江老师、中核公司高卫星老师,刘虔老师的女儿刘寒月、女婿谢迪磷等一起参加了此次交流。大家交谈甚欢,如沐春风。

月兰如兰

2014 年,建华因出版报告文学集《勇立潮头》一书,经中国化工集团公司原宣传部长周传荣介绍,与中央文献出版社高级编审李月兰女士相识。时间过得真快,一晃已有 5 个年头。

因了一次业缘,彼此成为兰友。

人们对兰花寄予了美好的赞许,文人墨客更是对兰花寄予了深情。微信圈中有一位戏墨堂主张来有,2017 年下半年以来以“每日一兰”分享到朋友圈,可见他对兰花的钟情。以兰花为题材的诗词歌赋难以计数。最为通俗、最为有名的当属《增广贤文》中的“芝兰生于深林,不以无人而不芳;君子修其道德,不为穷困而改节”。这句贤文是说生长在深山的芝兰逢春吐艳播芳,与有没有人欣赏无关,有人无人,只要逢春便吐蕊送香。因此,人们常把品德高尚的君子比为芝兰。

李月兰女士的名字如兰花一样,将芳香播撒于四面八方。她在中央文献出版社这个政治思想要求严、业务素质要求精的重要岗位上一步步成长为局级资深编辑,长期从事中共党史研究和毛泽东等领袖人物生平思想的编辑出版工作,负责出版《毛泽东著作专题摘编》《毛泽东思想形成与发展大事记》《毛泽东书法艺术精选》《毛泽东印象》《周恩来印象》《邓小平印象》《邓小平与香港回归》画册、《江泽民论有中国特色社会主义》(专题摘编)、《中国特色社会主义理论体系形成与发展大事记》《彭德怀经济思想研究初探》等专著。经她负责出版的重要文献可谓是汗牛充栋、硕果累累。她将芳华镌刻在了文山墨海、丹青史册。

月兰心态阳光、心胸开阔、乐观生活。每个人在人生的道路上都不可能一帆风顺,难免遇到坎坷泥泞、风霜雪雨。月兰面对不顺时总是风物长宜放眼量,淡然应对,以她的柔情与坚毅努力做一个好妻子、好女儿、好母亲,将清气播撒于家庭。

月兰待朋友温暖如春、清香如兰。她的周围聚集着很多挚友。建华与月兰结交因《勇立潮头》一书的编辑出版,始见月兰敬业、专业和有温度的人性。月兰对建华的书稿给予了真诚的鼓励。她曾说:“通过读建华的报告文学,被企业家的事迹情节深深感动。”月兰还说:“建华的书稿文笔流畅,编辑起来省心省事,并且合作愉快。”建华的作品能够得到中央文献出版社资深编辑的肯定,我深感荣幸。

建华的报告文学《勇立潮头》一书出版面世后,受到读者广泛好评。应一些单位的要求,该书还加印发行。

一本书的编辑出版是有期限的,而建华与月兰的友谊却是延续的。我们因共同兴趣参加过“常春藤书香社”的沙龙活动。月兰编辑出版了好书,总会想到送给建华。最让建华感动的是,2015 年月兰的办公室需调整,长年积累下来的上千本样书需要处理。月兰第一时间想到建华,她的理由是建华喜欢读书,于是打电话让建华去取书。建华如获至宝,有幸得到了这批好书,有些是书市上难得见到的珍贵文献、传世丹青,如《西花厅珍藏书画集》收集了齐白石、徐悲鸿、何香凝、胡洁青、赵朴初等书画大师献给周恩来和邓颖超的书画作品。这本书成为建华的案头之书。我经常品读,沐浴墨香,受益匪浅。

月兰对建华近年练习书法取得的进步经常点赞鼓励。一次,月兰提出,请建华为她写一幅书法作品。送一幅什么书法作品给月兰呢?月兰,月兰,月兰如兰,我想起习近平总书记在十九大闭幕后的记者见面会上引用元代诗人、画家王冕《墨梅》中的一句诗“不要人夸颜色好,只留清气满乾坤”,便写了“清气若兰”准备送给月兰,合时合景合情。果不其然,月兰非常喜欢这幅书法作品的内容和书体,对建华一再表示谢意!

其实,表示感谢的应当是我,近朱者赤,近兰者香。感谢月兰带来的精神食粮如兰清气,将滋养建华的一生。

建华不由得感慨万分,与兰友结交真好!

听贺平老师谈小说创作

与贺平老师相识在2014年底的中国报告文学学会迎春茶话会上，当时我们只是一面之缘，后来在微信上保持着联系，后来因出版事宜与她相约面叙。

贺平老师是黑龙江哈尔滨人。1991年毕业于北京师范大学研究生院，文学硕士。1975年赴黑龙江柳河“五七”干校插队务农，1977年考入哈尔滨师范大学中文系，后历任黑龙江省商业职工大学教师，《哈尔滨文艺》杂志编辑，《环球企业家》杂志记者部主任、副编审，《企业文化》杂志执行主编，现任中国作家出版社资深编辑。

贺平老师1979年开始发表作品，1992年加入中国作家协会，著有散文集《秋天的钟》、长篇报告文学集《源自北卡罗琳娜州的河流》等。其散文《有方桌的房间》获中国作家协会创联部全国散文征文一等奖、1994年《上海文学》散文奖，《秋天的钟》获1994年《人民文学》散文奖、1995年国家优秀图书提名奖。

贺平老师的性格像名字一样平和，她虽已接近退休年龄，但难掩其美丽与优雅，看上去比实际年龄要年轻许多。务农、教师、记者、作家、编辑等多种经历丰富了她的人生感悟与职业真知。尤其是谈起文学创作，她的真知灼见如泉涌、若悬河。

贺平老师任杂志记者、主编时每年上全国“两会”，每年都要策划封面主题，先后采访过吴敬琏、厉以宁、肖灼基等上百名经济学家，与许多人成为朋友。每采访一位名人，贺平老师都要认真研究，做足功课，常常在紧张的会议期间以独具特色的提问打动专家学者，使他们愿意在会后接受她的专访，其中的秘诀只有她自己知道。

在谈到如何写好小说时，贺平老师感触良多。她说：“作为一个作家，首先要有时代的敏锐，擅于提前选好题材，需要有一定的先见之明。跟风是出不了好作品的。作为一个作家，尤其是小说家，一定要擅长讲故事，不会讲故事是写不好小说的，名著《三国演义》《西游记》《水浒传》《红楼梦》都是由一个一个串联和并联的故事构成的。莫言、王蒙、刘震云、贾平凹、余华等名作家都是讲故事的高手，因此他们的作品受到读者喜欢。要写好一篇小说一定要着力写好开头。现在是一个快节奏时代，读者没有耐心读那种‘博士卖驴’的小说。编辑也没有耐心看到最后的精彩。要在第一段就把读者的心抓住，让他欲罢不能，这样的小说才容易成功。一篇好的小说要下功夫写好一号人物，一号人物是整部小说的灵魂，一号人物立住了，这部小说才能立得住，否则就是垃圾小说。一篇吸引人的小说一定要安排好情节，要做到一波未平一波又起，高潮迭起，才能抓住读者，赢得市场，青史留名。”

贺平老师说：“现在有些作家甚至名作家都在追求速度，一天要制造很多文字，结果‘萝卜快了不洗泥’，让读者失望。作者一定要深入生活、观察生活、提炼生活，不能无病呻吟。”贺平老师说：“我自己对文字存有敬畏之心，大凡写出来的文字都要在腹中长时间酝酿。有时为了写好一篇文章的开头，要把文字像搭积木一样反复选择锤炼。只有把辛苦留给自己，才能把顺畅留给读者。要向古人学习，做到语不惊人誓不休。”

贺平老师几十年来创作了几百万字的文学作品，以前主要忙于为别人出书编稿子，等退休之后，从容地整理出版自己的文集，将自己的文学作品与编辑感悟奉献给读者。

我们期待贺平老师有更多的精品力作献给读者。

含英咀华　文脉留芳

——写在高宗华先生《永修历代诗词选》出版之际

作为一个永修人，我非常愧疚，对永修的历史文化了解不够深入，十分感激宗华先生煮海为盐、聚沙淘金搜集整理了《永修历代诗词选》。建华有幸先睹为快，了解到历史上陶渊明、柳宗元、李白、白居易、周敦颐、曾巩、王安石、苏东坡、黄庭坚等文豪都与永修结缘，并留下了美丽的诗篇。高宗华先生为永修留存了永续繁荣的文化基因和文化资源，为永修后人增添了文化自信的底蕴和自豪的底气。

今天的永修，古代曾称“海昏”“建昌”。让我们穿越时空，来到史称“文景盛世”的西汉，有一个只做了 27 天皇帝的刘贺被贬为海昏侯。海昏侯的统辖范围大致包括南昌、永修、武宁、靖安、安义、奉新、新建等区域。海昏侯可能不善官场权术，却是一个浪漫潇洒、钟情文化、喜好文物的侯爵。他凭借皇亲侯爵的地位，不仅生前极享荣华，而且死后陪葬丰厚。随着近年来海昏侯墓的考古发掘，出土的大量文物和珍宝引起了轰动效应。海昏侯墓的出土文物在首都博物馆展览期间，观众比肩接踵，一票难求。海昏侯也成为 2016 年的一个热词。正如圣人孔子所言：“君子之德风。小人之德草。草上之风,必偃。”永修自古文风昌盛,必然与“关键少数”人物有关。

习近平总书记多次强调:我们要坚持道路自信、理论自信、制度自信、文化自信。文化自信是其他三个自信的基础。一个国家、一个民族、一个区域、一个企业都有自己独特的文化。有学者说,一个国家的疆土可以灭亡,只要文化存在还有恢复疆土的可能,如果文化灭亡了才是真正的灭亡。一部悠久的华夏历史为此论点做出了生动的诠释。

通过阅读宗华先生的《永修历代诗词选》,建华对永修的经济和文化现象加深了思考和理解。古时的永修曾经繁荣昌盛,即使地处山区的南坑、耕源等地也经济发达、人丁兴旺。我外公陈廷福年轻时,永修地区的文化也非常繁荣。他们那个圈子的人曾有除了“‘贤文’(即《增广贤文》)不说话”之说。我外公适时应景出口成章即“贤文”。建华对《增广贤文》的喜爱钟情始于少年时代外公的熏陶。永修的诗词薪火相传、文脉流芳。即使在受到市场经济大潮冲击的今天,建昌诗社仍然非常活跃。中华诗词协会有不少会员来自永修,许多永修诗人出版了自己的诗歌集,并且有许多佳作荣获全国性大奖。永修县老年大学开设了诗词学习培训班,平仄押韵、填词作赋成为一些老年人幸福生活的一部分,成为一些文学青年追求的人生梦想。

哲学规律告诉我们:世上万物有因必有果,有果必有因。今天出现的种种现象,都可以从历史文化中找到源头。可以自豪地说,永修是一个物华天宝、人杰地灵、山清水秀、物产丰富、社会和谐、文人钟情、盛产诗歌的地方,是现代人向往的一方热土。

宗华先生为理清历史与现实脉络、寻找古人踪迹与诗词付出了几十年的心血,令我辈肃然起敬。

建华与宗华先生以前同属江上公社红星大队,因其英俊帅气、美须飘逸,人称“高胡子”。他曾经担任江上公社武装部长,后来成功转型,由一名武装部长变成了永修县文联主席。他喜爱书法,并且造诣颇深。

建华得知宗华先生潜心搜集整理《永修历代诗词选》是在2013年。有一次,宗华先生在星火厂工作的儿子高勇和在中央电视台工作的女儿玉敏带着书稿找到了我。他们希望我帮助联系出版社出版父亲的作品,并且讲述了父亲为这部作品付出的艰辛努力与动人故事。我听后十分感动,为了玉成好事,请来我的好友、一家知名出版社的编辑与他们兄妹讨论了作品的出版事宜。

宗华先生为了整理这本上自晋朝下至民国的几百位永修籍或与永修有缘的人士的1600多首诗词,克服了常人难以想象的困难,付出了常人难以付出的努力。

据高勇介绍:“我父亲听说全国仅存的三套《四库全书》在甘肃省图书馆有一套,2003年年初,借助我在兰州市工作的机会,在兰州待了8个多月,每周有三四天骑自行车去查阅《四库全书》。住处离图书馆有20多公里,来回不便,中午他就买几个馒头或大饼在图书馆里吃。查到相关史料他就一个字一个字地手抄下来,因不会五笔及拼音打字,靠写字板录入电脑,写字板用坏了五六个。2003年年底由于甘肃省图书馆闭馆装修,无法再去查阅,他通过多方打听,在兰州市电子市场买了一套电子版《四库全书》光盘,共计153张,十几年来将重要光盘反复看了多遍。因白天还有其他事务，加之家中孙子、孙女总会干扰，他经常凌晨三四点就起来伏案笔耕。”

据玉敏介绍：“2001 年，我父亲在北京待了一个多月，基本上是在国家图书馆里度过。在图书馆里他一待就是一天，每天就靠两个馒头、一瓶水充饥。因为在国家图书馆古籍馆里，书籍是不能外借的，所以他就一本一本地仔细翻阅，看到相关的史料就记录下来，有的古书和地方志年久老化，翻阅的时候还要仔细认真，以免损坏书籍。我父亲天天去图书馆抄阅资料。时间一长，古籍馆的管理员都认识他，被他的精神感动，也为他抄阅史料提供了很多便利。”

关于宗华先生为了核实书稿史料跋涉永修山水、考证石刻墓碑、走访名人后裔的故事还有许多许多。用“为伊消得人憔悴”来形容他再合适不过。宗华先生即使在身患癌症、身体虚弱的情况下，仍然矢志不渝、呕心沥血为之努力。为了减少错误、出版精品，他为了核实一个字往往要花上几天时间。众所周知，古人行文均用繁体，精练浓缩的诗词常常会用到生僻字，有些字一般字典上都难以找到，要寻觅整理几百位诗人词家的生辰、作品无疑是一项浩大烦琐的文化工程。宗华先生却甘愿寂寞、默默奉献、乐在其中。他飘逸的美髯、执着的精神成为浮躁社会中的一道别样风景，他用理想和信念开辟了一块道德高地。

正所谓“天道酬勤”“功夫不负有心人”。宗华先生献身文学事业的精神感动了许多人，他的《永修历代诗词选》被具有慧眼的永修县委、宣传部及文联领导赞赏。他们对宗华先生的巨著给予了高度赞扬，决定将出版这部作品列入永修县重点扶持文化项目，并大力做好推荐、宣传、挖掘工作，令人十分欣慰！

期待宗华先生的心血之作出版面世，期待做好该书的宣传推介，期待对作品文化价值的深度挖掘，期待永修县大力发展文化产业打造文化永修。文化一旦与经济结合，便可产生巨大的社会效益和经济效益。唐朝诗人杜牧的一句“牧童遥指杏花村”成就了一个杏花村酒产业，李白的一句“桃花潭水深千尺”火爆了一个桃花潭旅游景点，这样的例子不胜枚举。我们借助宗华先生深入挖掘的文化资源，彰显著名诗人词家的耀眼光环，也可以开发具有永修特色的“桃花溪”“唱晚亭”“绿野秀”“白云屯”等自然与人文景观，这是一个值得我们与后人探索的课题。这个课题点燃了我们永修人的梦想，考验着我们永修人的智慧。

在这里我要为宗华先生的家人，尤其是高勇、玉敏和高健姊妹点赞鼓掌。他们为了父亲作品的出版付出了辛苦努力，花费了大量心血，这部鸿篇得以付梓有他们的功劳。中国人崇尚孝道，人们常说：“百善孝为先。”践行孝道的形式大致可分为三种，即孝养、孝敬和孝志。在全面建成小康社会的今天，孝志的层次为最高，更为可敬。他们能够帮助父亲实现一生的夙愿与追求，孝行至伟、善莫大焉！

一个人的形体存在的时间是有限的，而文化与精神流传的时间则是无限的。宗华先生的这本《永修历代诗词选》将被载入永修、九江、江西，乃至中国的史册。它的作用与价值会随着时间的推移而日益显现，它的功绩将流芳百世！

由于历史久远，史料难觅，本书难免出现差误，期待有志于永修史料研究的学者及文学爱好者补充完善。

话长纸短，结尾之处，特以“宗华先生劳苦功高”为题吟小诗一首，表达对他的敬意。

宗旨常怀永不忘，华章瑰宝放荣光。
先忧后乐续文脉，生面别开圆梦乡。
劳身焦思山水涉，苦心孤诣凤麟藏。
功垂当代耀千载，高雅风流百卉芳。

是以为序。

与郝兰英大姐的缘分

我与郝兰英大姐相识是在顺义高丽营慧家国英的一次迎春书画笔会上。

郝大姐当时给我的印象,中等身材,年过花甲,朴素无华,谦虚低调。

郝大姐自我介绍时说:“我没有什么文化,就是一个农村妇女,今天跟这么多文化人在一起,是来向大家学习的。”

后来听朋友介绍,郝大姐是享誉国内外的剪纸非遗传人,著名的剪纸艺术家。她曾代表中国妇女,随同时任全国妇联主席的顾秀莲出访巴西,表演中国剪纸艺术,震惊了海外友人,为中国赢得了极高荣誉。

听完朋友介绍,我不禁对郝大姐刮目相看。北京真是一个藏龙卧虎之地,三步会碰到一个专家,四步会遇见一个艺术家。

午餐后,我和好友知识产权出版社李启章副总编抱着仰慕的心情与郝大姐进行了交流。郝大姐听说启章老师在出版社工作,便吐露了心声,希望将自己的作品整理成书出版,一是做一个阶段性总结,二是作为培训之用。赵全营镇领导对她的图书出版很支持，但不知如何操作，希望能得到我们的帮助。

我跟郝大姐说，要出版作品，找到启章老师算是找对了人，他不仅是出版社领导，而且是出版专家。郝大姐特别高兴，约我们方便时到她家做客，到现场去参观她的剪纸工作室及作品。我们愉快地答应了郝大姐的邀请。我们都希望能为弘扬中国传统文化（包括剪纸艺术）发挥一些积极作用。

一个春暖花开、草长莺飞的日子，应郝大姐和时任赵全营镇宣传部长姚建波之邀，我和启章老师做客郝大姐家。郝大姐家坐落在赵全营镇的稷山营村。我们进村时只要一打听郝兰英大姐家，村上的人都为我们热情指引。可见，郝大姐在村里的知名度很高，人缘很好。

郝大姐家是一个占地几百平方米的农家大院。郝大姐的剪纸工作室有四五十平方米，走进工作室就置身于剪纸艺术的海洋，桌上、墙上、抽屉里摆满了剪纸作品。郝大姐对其中的特色作品进行了详细介绍，也算是为我们进行了一次剪纸科普。她从抽屉里搬出了一摞一摞的荣誉证书、资格证书，以及在报刊媒体上发表的剪纸作品和宣传文章，还有与顾秀莲等领导和许多名人的合影照片。每一本证书、每一篇文章、每一张合影都有动人的故事。郝大姐讲得声情并茂、介绍得眉飞色舞，高兴之情溢于言表。

姚建波部长是一位英俊帅气、谦虚低调、热情好客、充满自信的年轻领导。他向我们热情介绍了赵全营镇的文化发展战略。镇党委决定要着力打造镇里的文化名片，首推郝大姐的剪纸艺术。据姚部长介绍，郝大姐的剪纸非一般的传统剪纸，她在继承传统的同时与时俱进、不断创新，将剪纸艺术与社会主义核心价值观、北京精神完美结合,不断创作出富有新时代特色的作品。郝大姐为了弘扬剪纸艺术,近几年还到多所学校授课,传授剪纸艺术。通过郝大姐的传授,很多中小学生开始热爱剪纸艺术,并在较短的时间里提高了剪纸技艺。郝大姐的几十年艺术生涯,已经是一座艺术富矿,值得总结、挖掘、宣传、推广。镇党委已把郝大姐的图书出版项目列入了文化发展计划。

通过现场参观、听取介绍,我们对郝大姐的人生与艺术印象更加丰满,出版项目值得抓紧推进。

当樱桃成熟时的一个晚上,我在家里接到郝大姐的电话。她说:“院子里的樱桃熟了,邀请你们周六来家采摘樱桃。”

那个周六,启章老师携夫人、知识产权出版社“来出书”平台总监陆彩云女士、我和我的好友《现代企业文化》杂志社常务副总编辑万江心女士一同欣然前往郝大姐家做客。

姚建波部长、郝大姐,及郝大姐的爱人张大哥早早地就在院门口欢迎我们的到来。

年过花甲的张大哥热情接待我们,忙着切西瓜、洗桃子,还爬上樱桃树为我们采摘新鲜的樱桃。我们一行吃着甜西瓜,品着鲜樱桃,欣赏着郝大姐现场剪纸表演。

郝大姐还领着我们参观了后院,那里有两个儿子的新房。大儿子新房里的一幅巨大的万里长城剪纸,倾注了郝大姐一个多月的心血和一生的爱。万里长城寓意深刻,表达了深深的家国情怀。

我们就如何出版郝大姐的剪纸图书进行了具体讨论,并且明确了任务分工、时间进度。

我家的小凡宝看到郝奶奶送给自己的栩栩如生的小兔、蝴蝶剪纸，特别喜欢，收进了她的书包里，不时拿出来欣赏，并嚷着要我带她到郝奶奶家学剪纸。

7 月的一个周末，我和爱人金凤带着小凡宝驱车到了郝大姐家。郝大姐手把手地教小凡宝剪五角星、剪蝴蝶，把她带入一个剪纸艺术世界。当在郝奶奶的指导下自己剪出第一只蝴蝶时，小凡宝犹如作家们完成了自己的一部作品，非常兴奋。这在她幼小的心田里种下了一颗剪纸艺术的种子。

那天，我们见到了郝大姐的儿子和儿媳妇。两个年轻人和爸妈一样非常好客，亲自下厨做了一桌子菜招待我们。我们和小凡宝在郝大姐家享用了一顿可口的午餐。

临别时，郝大姐还在路边的菜地里拔了一大捆蔬菜送给我们。她说："我们自己种的菜，有机绿色，好吃，一定要带走！"她说着就往车里塞，不容推辞。

郝大姐拉着小凡宝的手说："小凡宝，欢迎你下次再来，奶奶再教你剪兔子、大公鸡。"小凡宝说："谢谢奶奶，我们下次再来看你。"

2016 年国庆节期间，郝大姐和小儿子张一兵、小儿媳妇吕艳萍到我家做客。我们再次聆听了郝大姐讲述她的人生与艺术故事，讨论了《德艺双馨——郝兰英大姐的人生与艺术》稿件的修改，增加了文稿的准确性。

与郝大姐的相识相交是一种缘分。这仅仅是开了一个头。我们的缘分还将续写！

德艺双馨

——郝兰英大姐的人生与艺术

一次偶然机会与郝兰英大姐相识，此后我多次与朋友到郝大姐家做客，探讨她的剪纸图书出版事宜。我们参观了她的工作室，欣赏了她的剪纸及工艺品，聆听她和家人讲述的人生与艺术故事。赵全营镇宣传部长姚建波告诉我们："郝大姐的剪纸已经成为镇里的一张文化名片，镇里正在加大宣传推广力度。"

要为郝大姐写点东西的冲动一再撞击着建华的心灵。尽管我手头事务繁多，却还是抽出时间写下此文。

此文的副标题之所以叫"郝兰英大姐的人生与艺术"，而没有叫"郝大姐的艺术人生"，是因为媒体关于宣传郝大姐剪纸艺术的文章已有很多。本文除了介绍郝大姐的剪纸艺术之外，将从独特的视角，通过深入采访，着重介绍托起郝大姐剪纸艺术冰山的冰基，即她为人处世、敦品成德的动人故事，将一个丰满、生动、真实的郝大姐显现给读者。

嫩肩担大任

郝大姐祖籍山西，其祖辈为了躲避战乱灾荒举家搬迁到了北京密云的吉家营村。据说那个村庄的村民大都来自山西,村里至今仍然保留着许多山西的风俗和文化。

在郝大姐的记忆中,快乐的童年与她无缘。她是家里的老大,下面有 5 个弟妹。

父亲 15 岁时参加革命工作,在一次战斗中,为了不暴露目标,在西影山的大雪中趴了 24 个小时,身体被严重冻伤。还有一次在执行任务时被敌人抓捕。敌人为了从他口中获得秘密,对他软硬兼施、严刑拷打,但他始终紧咬牙关,没有透露机密,后经地下党多方营救才得以脱险。从此父亲身体多病,虽经多方医治,但一直难以恢复健康。

这对于郝大姐的家庭来说,可算是“屋漏更遭连夜雨,船迟又遇打头风”。

1968 年 8 月,郝大姐的母亲因难产病危,在小妹妹出生 18 天后,却走到了生命的边缘。

母亲临终前拉着郝大姐的手说:“你爸身体不好,这个家将来就靠你了,你要尽力把几个弟妹抚养成人,否则我死不瞑目!”

郝大姐咬紧牙关,止住哭声,在母亲床前立下誓言:“妈妈你放心,我就是当牛做马也要维持好这个家,把弟弟妹妹抚养成人。”

听完郝大姐的誓言,母亲渐渐闭上了眼睛,露出了最后的笑容,便辞别了人世。

16 岁的郝大姐终止了学生生活,以娇嫩的肩膀挑起了家庭重担。郝大姐白天在生产队里挣工分,晚上洗衣、做饭,在煤油灯下做针线活,哄着不懂事的弟弟妹妹。“长姐当娘”,在郝大姐身上得到了生动的诠释。

郝大姐不仅用双手辛苦劳作支撑这个家，而且用智慧维持这个家。她一方面请求亲戚帮助，那个年代尽管大家的生活都很艰难，但许多亲戚仍然给予这个家庭极大的帮助；另一方面拜访生产队、大队、公社领导请求帮助。十里八乡的人都听说老郝家有个能干的女儿，对这个家庭也多了几分怜悯与同情；上级组织从政策上、经济上尽可能给予救助。最让郝大姐高兴的是，1970 年通过领导和朋友的帮助，父亲在城里找到了一份较为轻松又能按月拿工资的工作，为家里增加了经济收入。从此，父亲就住在了城里，平时很少能够回家。父亲担心郝大姐撑不起这个特殊的家庭。郝大姐让父亲安心在城里工作，表示自己能挑起这个家。从此，她领着弟弟、妹妹走过了充满挑战的艰苦岁月。

郝大姐善于调动弟弟、妹妹的积极性，动员弟弟、妹妹在课余时间帮家里采野果、捡麦穗，齐心协力、共渡难关。有好吃的她就让给小的吃。家里生活虽苦，但也其乐融融。

大弟弟看到郝大姐太累了，提出辍学帮助姐姐。她说什么也不同意。她跟大弟弟说："我们姊妹几个，只能我有资格不上学读书，你们一个个都得好好读书，只有好好读书才有希望，你们千万不能辍学！姐姐就是要饭也要供你们读书。"

这个特殊家庭在郝大姐的精心操持下，几个弟弟、妹妹有的读完了大学，有的读完了高中。弟弟、妹妹们长大后，她还帮助他们张罗娶媳妇、找婆家。弟弟、妹妹们都有出息了，其中老四郝加瑞大学毕业后还当上了公务员。

加瑞说起大姐心存敬意，许多故事至今留存在心底，尤其对当年的贫困生活刻骨铭心。一次，加瑞为我们讲了与大姐的故事。

一次,加瑞按照大姐的安排负责烧火做饭。他一边添柴一边看书,灶膛里火灭了就划根火柴,不知划了多少根,直到火柴划完了饭还没煮熟。大姐到厨房一看,傻眼了,火柴没了怎么才能把饭煮熟呢?她翻遍钱包、抽屉,家里找不到买火柴的两分钱,只得出门向邻居借钱买火柴,借了好几家才借到两分钱,买来火柴才将一锅夹生饭煮熟。还有一次,加瑞学校组织篮球比赛,加瑞是主力队员,非常喜欢 5 号球衣,可家里没有钱买。为了满足弟弟的心愿,郝大姐连夜在灯下手工为弟弟绣制了一个大“5”字。结果,那天比赛加瑞在球场上发挥出色,命中率大大提高。后来,加瑞钟情于篮球,不仅球技出色,而且喜欢当裁判,取得了国家级篮球裁判员资质。加瑞与大姐的故事还有许多许多,对大姐的深情早已融入了血脉。

郝大姐孝悌善良、心灵手巧、颜值较高,成为十里八乡小伙子追求的对象。媒婆们踏破了她家门槛,但都被郝大姐一一拒绝,理由是在弟弟、妹妹没有成人之前不会考虑自己的婚姻。

等郝大姐把弟弟、妹妹们带大成人,已年近三十,成了大龄青年。也许是老天的眷顾,或许是好人有好报,顺义赵全营镇稷山营大队有个老实厚道、身强力壮、与郝大姐同龄的青年张大哥。媒人给她介绍了不少姑娘,东不成西不就。后经人介绍,她与郝大姐一见钟情,很快定下终身。

出嫁的前晚,郝大姐点燃高香,告慰母亲:“几个弟弟、妹妹都已长大成人,我也要出嫁,请你老人家保佑我们全家兴旺发达!”

郝大姐与张大哥喜结良缘后,张大哥视郝大姐为掌上明珠。他们同舟共济、敬老抚幼,度过了艰苦的岁月。当改革的春风滋润乡土之后,郝大姐的剪纸艺术细胞得以再度激活。劳作之余,郝大姐追求自己的剪纸梦想,并且付诸实施、迷恋其中。张大哥在农活劳作之余帮助她采购材料,装帧裱框。近年来,郝大姐的社会活动频繁,张大哥担当专职司机。夕阳下,一对相濡以沫、为剪纸艺术奔忙的夫妻,不知吸引了多少路人羡慕的目光。

郝大姐有两个儿子,都大学毕业,两个儿媳妇也都是大学生。郝大姐良好的家风被后代晚辈弘扬光大,两个儿子都和郝大姐在一起生活,一个大家庭其乐融融。晚辈们都争先恐后地孝敬爸妈,都想着为家多做贡献。

我问小儿媳妇吕艳萍:“在你们印象中妈妈是一个什么样的人?”她说:“我妈妈是天底下最好的妈妈,是一个心肠最好、对人真诚的人。另外,我妈心灵手巧,看见什么都能剪出来,我太敬佩她了。”吕艳萍在工作之余跟着婆婆学习剪纸艺术,如今已经有较高水平,希望能成为婆婆剪纸艺术的传承人。

郝大姐还是有着几十年党龄的老党员,她积极参加组织活动,带头为灾区捐款,多次参加剪纸作品义卖活动,大力传播真善美,传递正能量。郝大姐爱国情深,心中始终充满着阳光,走到哪里都会给人温暖、散发光芒!

一生剪纸缘

郝大姐一生与剪刀为伴,与剪纸结下了不解情缘。

中国剪纸是一种用剪刀或刻刀在纸上剪刻花纹,用于装点生活或配合其他民俗活动的民间艺术。中国剪纸蕴含了丰富的文化历史信息,表达了广大民众的道德观念、实践经验、生活理想和审美情趣,具有认知、教化、表意、抒情、娱乐、交往等多重社会价值。

2009 年在联合国教科文组织保护非物质文化遗产政府间委员会第四次会议上，中国申报的中国剪纸项目入选“人类非物质文化遗产代表作名录”。中国剪纸是中国文化的重要组成部分，早已走出国门，越来越受到国内外民众的青睐。

我国山西剪纸历史悠久、流传广泛，许多剪纸世家代代相传、艺名远播。

郝大姐的叔伯奶奶原是当地望族，自小学习剪纸艺术，在祖太太王氏的传授下剪纸技艺不断提升，成为剪纸界的名人。据郝大姐回忆，“遇到天旱时，老百姓就想各种法子求雨。叔伯奶奶别出心裁，就用红纸剪很多雨点，然后贴在家里每个角落，没想到，还真下雨了。现在想想当时可能是碰巧了，但我叔伯奶奶就相信，剪纸能通神灵。没事就剪雨点，剪得多了、技艺高了，就把雨点剪纸剪成水纹剪纸了，成为一种独创的剪纸形式。水纹雨点，代表水，水寓财，就是吉祥，所以叔伯奶奶的名声也就越来越大。”

郝大姐自小好学、心灵手巧，在叔伯奶奶的熏陶下，从 7 岁开始就喜欢上了剪纸艺术。叔伯奶奶也特别喜欢郝大姐，一到晚上就给她讲民间故事，手把手教她剪纸，先从最简单的星星、蝴蝶开始，先易后难。郝大姐听得带劲、学得认真、进步得快。叔伯奶奶慢慢将平生的看家本领都教给了郝大姐，为她奠定了剪纸艺术的基础。

郝大姐学剪纸几乎到了痴迷的程度，随身携带剪刀和纸张，看到什么就舞动剪刀剪什么。郝大姐的剪纸水平逐渐提高，名气也越来越大，求她剪纸的人也越来越多。尤其是一到春节，便是她最忙碌的时候，常常要忙到深更半夜。每当完成一幅剪纸作品，受到村民的感谢时,郝大姐就特别开心。

郝大姐虽已年过花甲,但从来没有离开过剪刀。剪纸陪伴她走过了童年、少年、青年、中年、老年。

郝大姐与剪刀有着特殊的情缘。每当生活中遇到不顺心的事,只要一拿起剪刀,进入她的剪纸艺术世界,一切烦恼就会烟消云散,收获的是满满的快乐与幸福。她的右手磨起了一层厚茧,增添了无限的力度。她的视力很好,即使在剪那种比头发还细的细穗时仍然准确无误,这就是几十年练就的功夫。

有人说,郝大姐是剪纸天才;有人说,郝大姐是为剪纸而生!

传统注新意

剪纸是一门既通俗又高深的传统艺术。说它通俗,一般人学习一两个小时就能够剪出简单的图案,因此剪纸在民间相当普及。说它高深,因为剪纸艺无止境。剪纸很有讲究,有阴剪、阳剪,有外剪、内剪,有主题、衬托,大有学问。

以上还仅是剪纸艺术的表现形式,更重要的是它的艺术内涵,即通过剪纸艺术传达什么文化、什么思想、什么能量。剪纸内容是一个剪纸艺术家必须面对与思考的问题。因为任何优秀艺术都要适合时代特色、民族禀赋,归根结底是要弘扬真善美、传递正能量。

郝大姐几十年的剪纸艺术生涯,最成功之处不仅传承了娴熟的剪纸技艺,而且不断开拓创新,将剪纸内容赋予时代新意。

略举二三,便可看出郝大姐的成功轨迹。

一年阳春三月,学习雷锋活动在全国各地高潮迭起。一位生产队干部找到郝大姐说："兰英大姐，您剪纸剪得好，能不能剪一幅学习雷锋做好事的剪纸，贴到我们宣传栏，配合学习雷锋活动，为咱们队里争点光添点彩。"郝大姐当场答应了下来。围绕这个题材，她苦思冥想，寝食难安。一天，正当她在村口沉思之时，看到一个小学生帮助一位脚有残疾的大爷推车上坡。郝大姐突然眼前一亮，认定这就是一幅活生生的剪纸画，立即拿起手中的纸笔勾勒出了草图，当天晚上就精心创作了一幅学习雷锋剪纸。这幅剪纸不仅为生产队争了光添了彩，而且成为郝大姐的经典之作，被多家报刊媒体传播。

"爱国"既是郝大姐人生的主题，也是她剪纸艺术的主题。对于如何剪好这个"国"字，郝大姐倾注了一生的爱。对"国"字的设计，郝大姐记不清更新了多少版本。我们现在看到她剪的"国庆"两字的剪纸，里面有牡丹花，有五星红旗，有如意云头，有梅、兰、竹、菊，有葵花。牡丹被称为"国花"，代表富贵，国色天香；五星红旗和如意云头，象征国家如意吉祥；字的内部的梅、兰、竹、菊，"四君子"，意为永远做君子不做小人；字外的葵花，寓意我们的国家就像朝阳一样。郝大姐对"国家"二字赋予了如此多的美好内涵！郝大姐的心声就是全国人民的心声。

2011 年 11 月 2 日，北京市公布了"北京精神"，即"爱国、创新、包容、厚德"。作为城市精神，它是首都人民长期发展建设实践过程中所形成的精神财富的概括和总结，体现了社会主义核心价值体系的要求，体现了首都历史文化的特征，体现了首都群众的精神文化追求。

作为北京的剪纸艺术家，郝大姐兴奋不已。她要用手中的剪刀来诠释、弘扬“北京精神”,用她的剪纸艺术来宣传北京精神。她立即投入了“北京精神”的剪纸创作,希望选择立意高远、通俗易懂、简单明了的图案来表现“北京精神”。她经过认真思考,几易其稿,创作了多幅剪纸。其中有一幅这样的剪纸:剪纸画面主要由四幅图景集合在一张大红纸上。最上面一幅图是两名少先队员在天安门前向冉冉升起的国旗敬队礼,这是爱国的表达;下面一幅画面是宇航员正要登上即将发射的飞船,这是科技创新的结果;第三幅图是中国的小朋友正在向到我国进行友好交流的外国友人献花表示欢迎,表现我国人民热爱和平、睦邻友好和包容发展;第四幅图是一个小学生正在为一个上坡困难的残疾老人推车,表现助人为乐的传统美德代代相传,厚道精神根植华夏沃土;主画面四周用梅、兰、竹、菊、向日葵花点缀。整幅作品简洁明快,通俗易懂。

郝大姐具有敏锐的艺术天赋,不断地将剪纸艺术融入时代的主旋律。北京奥运会、抗日战争胜利暨世界反法西斯战争胜利七十周年、顺义啤酒节等重大活动都有郝大姐的新作出剪,她的剪纸艺术为我们新时代百花园增添了一道又一道美丽的风景。

万物皆艺术

有学者说:“世界无废物,只有放错了地方的资源。”

走进郝大姐的工作室,剪纸仅是她艺术作品的一部分,在展桌上、抽屉里还有琳琅满目的手工作品,如耳枕、围脖、剪套、虎头鞋等十分吸引眼球的物件,有些小物品可能年轻人从未见过。

郝大姐说,这些传统小物件现在很难见到,这些手艺也是小时候从叔伯奶奶那里学来的。这些物件虽小,可有大用场,如耳枕可以避免睡觉时压耳朵,防止耳朵得病;剪刀套能防止刀尖伤人,尤其是长年与剪刀为伍的剪纸艺人,出差时有个剪刀套就安全大吉。

生态经济、循环发展、节能环保早已成为郝大姐的艺术理念。她的小艺术品都是再利用边角废料做成的。在郝大姐灵巧的手上,万物皆有艺术生命。

她工作室里美观典雅的坐墩、托盘,令人爱不释手。仔细一看,编成这些艺术品的原料就是玉米包衣。玉米包衣,在北方农村遍地都是,农家不把这些东西放在眼里,或放火烧了,或埋在地里作肥料。而这些普通的材料到了郝大姐手里就成了精美的艺术品,能卖个好价钱。

现在过度包装造成了资源的大量浪费,这种现象令人痛心。近年来,郝大姐成为利用废旧包装盒材料制作工艺品的实践者。烟盒、月饼盒、牙膏盒等废弃物都成了她手中的材料。她在创作"北京精神"剪纸时,万里长城用蓝色的包装盒剪出,国旗用红色的包装盒剪出,小姑娘的花褂子用带有花纹的包装盒剪出,拼接出的画面很好地诠释了"北京精神"。剪纸画面丰富多彩,给人以巧夺天工之美感。

几十年的剪纸生涯,剪刀成为郝大姐的亲密好友。郝大姐使用剪刀游刃游余,比较简单的图案不用画草稿可以随手剪出。偶尔也有不如意或出错的时候,遇到这时候,为了不浪费纸张,郝大姐就会将错就错、顺势而为,或以大改小,或剪出另一幅别有洞天的剪纸作品。

名片耀光辉

郝大姐对剪纸艺术的追求可谓是"衣带渐宽终不悔,为伊消得人憔悴”。在别人眼里，郝大姐的剪纸水平已经相当高了，但她却认为“天外有天，山外有山”，只有取别人之长，才能补自己之短，要坚持学习一辈子。

2008 年 4 月，她听说南京要举办首届中国民间剪纸高级研修班，在征得家人同意后，克服困难，只身前往南京参加研修班。全国共有 40 多人参加，北京市只有她一个人参加此次培训。在这批学员中郝大姐年龄最大、学历最低，但她的剪纸水平得到培训老师的赞许，她的剪纸作品多次作为范例被讲解。通过培训，郝大姐结识了朋友，提升了水平。

郝大姐的剪纸水平越来越高，名声越来越大，媒体采访、约稿络绎不绝。郝大姐不仅成为赵全营镇、顺义区、北京市的名人，而且成为全国名人。

2005 年，“中巴妇女文化与发展周”交流活动，时任全国妇联主席的顾秀莲率团参加。出访前夕，妇联要选出几名代表中国特色文化、具有国家级水平的女艺术家随团出访、为国争光。经过妇联组织部门层层挑选，郝大姐的剪纸艺术脱颖而出，进入了随团名单。《中国妇女报》对郝大姐在巴西的剪纸艺术表演做了连续报道。郝大姐的剪纸现场成为中巴妇女手工艺品交流的热点。表演点的背景墙上挂满了郝大姐的得意之作，大多反映的是农村生活。有一幅喂鸡剪纸栩栩如生，几只鸡围着农妇觅食，活灵活现，还具有漫画的幽默，看得出，那位农妇有她的影子。真正的艺术就是那样直接，不是天赋灵感，而是生活赋予灵感。中国的民间手工艺，巴西人或许略知一二，但现场见证则很少有机会。于她们，就像现场拆解魔术，每一双眼睛都充满了好奇。手工艺靠的是慧心巧手。

使用的工具和材料就是简单的剪刀、纸张，奥妙全在手上。郝兰英在现场为观众剪蝴蝶，因为巴西被称为“蝴蝶之国”，喜爱蝴蝶者众多。郝大姐本来想教巴西妇女简单几手，但大家似乎更愿意看，而没有勇气试。转眼之间，郝大姐将一张纸变成了一只美丽的蝴蝶，看得巴西朋友目瞪口呆。剪纸于她们，就像桑巴于我们，都有一定难度，彼此欣赏，这就够了。同行的北京市妇联主席荣华说：“妇女文化交流感性、亲切，最易心灵相通。”

巴西朋友对郝大姐十分崇拜，希望花高价钱买下她的剪刀和剪纸，但都被郝大姐一一婉拒。郝大姐说：“我的任务是来贵国进行文化艺术交流，不是经商，如对剪刀和剪纸艺术品感兴趣，可通过商务渠道进行。”

顾秀莲团长对郝大姐在巴西的出色表现给予了高度赞许，主动拉着郝大姐合影留念。她们的合影照片至今仍然被摆在郝大姐工作室最显眼的位置。

说起巴西那段经历，因为能将中国的剪纸传统艺术介绍到国外，为国争了光，郝大姐自豪一辈子。

郝大姐收获了“中国民间文艺家协会剪纸委员会委员”“中国民间文艺家协会会员”“中国乡土协会会员”“北京巧娘协会会员”“北京市民间文艺家协会会员”“中国新农村高级人才”“中国巧嫂”等荣誉和资格证书。郝大姐成了当地的一张文化名片。

据赵全营镇党委宣传部部长姚建波介绍，现在，郝大姐的剪纸礼品、宣传袋已经面市，郝大姐的剪纸教材及系列图书也已出版。郝大姐的剪纸产业正在策划之中。姚建波曾经是一位教师，对教育有着深入的理解。他认为，不仅要深度开发郝大姐的剪纸产品资源,而且要开发郝大姐剪纸的教育资源,让赵全营镇成为中国剪纸的人才培训基地。我们相信姚建波部长的设想会逐步成为现实。郝大姐这张名片将会越来越耀眼。

春泥更护花

郝大姐已六十有四,每天都很忙,社会活动很多,许多计划都没有时间和精力落实。

如何弘扬光大中国剪纸艺术是她近几年经常思考的问题。她知道,随着年龄的增大,身体也在慢慢衰老,要使这项传统艺术传承下去,必须把剪纸理念、知识、技术传给更多的后代晚辈,剪纸也要从娃娃抓起。

北京市教育改革的步伐不断加快,开应试教育向素质教育转变之先河,校外实践不仅是口号,而且有一定分数纳入在校学生考试考核的评价体系。因此,北京各个学校都在物色良好的校外培训基地和优质课程。

郝大姐的剪纸教育梦想搭上了时代的列车。她不顾工作繁忙,婉拒许多社会活动,欣然成为北石槽小学、赵全营中学、顺义十一中学、港馨小学的剪纸老师。郝大姐的剪纸课受到学生们的热烈欢迎。郝大姐不仅像慈祥的老奶奶,而且能够教给他们本领。许多学生能够在较短的时间里学到剪纸知识,剪出剪纸作品,更重要的是种下了热爱剪纸艺术的种子。学生高兴,老师高兴,家长也高兴。

郝大姐根据自己几十年的剪纸经验,正在整理编辑一套适合中小学学生的剪纸培训教材。这是一项浩大的工程,在多方的支持下正在有序推进。

一天，郝大姐领着我们参观了另一个院落，让我们品尝了院中硕大杏树上甜美的杏子。她站在院中规划着未来：现在的几间房子将会拆除，准备盖一座能够容纳100多人的培训教室和办公配套用房。这一规划得到了镇、村领导的大力支持，有关报批手续即将完成。不久的将来，这里将会成为中国剪纸培训基地。

看着信心满满的郝大姐，就像一棵大树，一边落叶，一边开花。正如龚自珍的传世诗句："落红不是无情物，化作春泥更护花。"

中国剪纸不仅在郝大姐手中传承，而且将在她的手中光大！

致敬！郝大姐！

（此文载于2017年知识产权出版社出版的中英文对照的《郝兰英乡土剪纸》一书）

爱心好人蔡光华大姐

一天早晨，我在蓝星小区花园广场散步时，看见一位右腿有些不便的大姐用自制四轮车牵着一条老态龙钟的狗到花园广场遛弯。这一幕引起了我的好奇。

我与大姐攀谈了起来。大姐姓蔡，名光华。她说，这条狗叫胖胖，已经 11 岁了，胖胖俨然像一个家庭成员，朝夕相处，曾给家人带来过许多欢乐。

胖胖的体态越来越胖，近年出现了行走困难。蔡大姐带着胖胖四处求医。医院做了一大堆检查化验，告知胖胖身体缺钾，三条腿里有积液。蔡大姐带着胖胖到医院抽了几次积液，本想为它做手术，但因缺钾不敢使用麻药，怕它下不了手术台。后来，蔡大姐听说中国农业大学的宠物医院医生的医术高明，还带着胖胖到那里求医。医生开了一大堆药给胖胖吃。后来，胖胖背上长了一个大瘤子，医生也只能建议保守治疗。

蔡大姐每天不仅喂狗食、狗药，而且每天用自制小车推着胖胖到楼下花园遛遛。当蔡大姐叫一声"胖胖"时，它马上回过头来向蔡大姐摇头摆尾。狗通人性，且是有义之动物。谁对它好，它心中有数。

一个社会的善良、一个人的仁义,体现在点滴平凡的小事,尤其是对弱势群体的关心上。越是文明的社会,越有乞丐生存的空间;越是文明的人,越懂得对生命的敬畏与尊重。佛家有言:“扫地恐伤蝼蚁命,爱惜飞蛾纱罩灯。”我们这个浮躁的社会更需要对生命的敬畏,对万物的仁爱。

对一个病狗有如此爱心的蔡大姐,应为她点赞。

喜欢写诗的小朋友许子宸

许子宸小朋友比小凡宝晚出生 10 多天，出生时他俩同住蓝星花园。我们两家因地缘和业缘关系，来往较多，两个小朋友经常在一起玩耍、游戏、分享食物。

在我的印象中，子宸小朋友是一个眼睛很大、皮肤不白、比较内向、很懂礼貌的小女孩。子宸与凡宝可以称得上是真正的小闺蜜。

为了子宸有更好的学习环境，大概 4 年前，子宸家搬进了市里，上了东城区的一所小学。凡宝与子宸之间见面也就少了，只是在两个小朋友过生日时一聚。我则有好几年没见到子宸了。

一个周日，子宸和许慧爸爸、王丽娜妈妈到我们家做客。我大有"士隔三日当刮目相看"之感。7 岁的子宸皮肤比以前白了，个子跟凡宝一样高，但比凡宝胖许多。她的性格开朗了，非常有礼貌，将好吃的与大家一起分享，一双会说话的大眼睛很是招人喜欢。

最让我感到惊讶的是，子宸妈妈说，她喜欢阅读课外书，从一年级开始就读了好多书，尤其喜欢读凡凡爷爷写的书，常常跟爸爸、妈妈谈读后感。

在席间，子宸走到我的跟前说："爷爷，我为爸爸写了一首诗，我朗诵给您听听。"一听二年级的小朋友写诗，立即调动了我的兴奋点。只见她不紧不慢地朗诵道："明日复明日，天天如此忙。不言也不语，辛苦每一周。"诗名为《辛苦——许子宸送爸爸》。我和大家听完子宸朗诵的诗后，高兴地为她鼓掌点赞。

子宸的诗谈不上艺术水准，但敢于写诗，并且以诗情来赞美爸爸，仅此就应为她鼓掌点赞。

回到家后，子宸将诗写出来，妈妈拍了照片发给我。我建议子宸将最后一句改一下，改为"辛苦喜洋洋"。我告诉子宸，这样就与第二句押韵了，而且把爸爸辛苦并愉快的意境写出来了。

子宸小姑娘说："谢谢爷爷的修改，我一定要努力学习，长大做一个像爷爷一样的作家。"

我说："青出于蓝而胜于蓝，长江后浪推前浪，子宸一定会成为比爷爷更强更厉害的作家！"

兴趣是最好的老师，愿一颗文学的种子植根于子宸小姑娘的心中，将来成长为参天大树！

珍藏化工篇

这个世界上，除了上帝之外，还有一个造物者，这个造物者的名字叫“化工”，即化学工业。化工在人们的生存发展、国防安全和美好生活中发挥着不可或缺的作用。然而，化工却含垢蒙尘，甚至被妖魔化。如果长此以往，将会损毁中华民族复兴的根基。因此，广大有识有志之士应当义无反顾、挺身而出普及化工知识，还原化工本真，珍藏化工历史，缅怀化工先贤。

我国有识有志之士早已认识到化工的重要意义，即使在政治腐败、列强入侵、国力衰弱的背景下，也放弃利禄、实业救国、砥砺前行，让黑暗的华夏大地上出现一束耀眼的亮光。他们通过斗智斗勇，在市场上击溃西方老牌垄断者；通过潜心钻研，摘取了科技领域的皇冠；通过创办刊物，确立“四大训条”，为中国企业筑魂造魄培育文化。曾几何时，所谓精英数典忘祖，所谓大师崇洋媚外，不少国人缺乏自信。没有文化的自信，何谈中华民族复兴！

建华在几年的化工史料研究和藏品征集中，受益匪浅、收获颇丰。本板块的几篇文章记录了化工先贤的爱国抱负、人生智慧、奋斗精神和家国情怀，相信会打动读者朋友并使其从中受益。

范旭东在纯碱市场
打败英商卜内门公司的故事

在经济全球化不断深化的今天,市场被比作没有硝烟的战场,即使在自己家的门口,同样经受着国际市场竞争的考验。这场战争的胜负不仅取决于产品的价格、质量和售后服务,而且取决于布局、声势、人心,是斗智斗勇的较量。市场不相信眼泪,只能靠智慧与实力。

今天的企业无论大小,也无论国企民企,无不在为赢得市场、争取客户而煞费苦心,因为营销决定着企业的生存与发展。

现代营销策略和技巧占据了各种各样的教科书,充斥着各种各样的培训班。这些书籍和培训犹如鲜啤,缺少陈年老酒的醇厚芳香。为了开拓营销思路,我们不妨回望历史,回到 80 多年前,看看范旭东等前辈是如何引领在积贫积弱的中国诞生的永利公司一举打败强大的英商卜内门公司,发展民族化工产业的。这个精彩的故事应能给我们许多有益的启迪。

在范旭东先生创办永利制碱公司之前,中国的纯碱市场长期被英国卜内门公司所垄断。因为没有竞争,所以价格制定权完全掌控在英国商人手中。卜内门公司在中国市场赚得盆满钵满，中国大量的白银流向了英国。

当范旭东先生在天津取得久大精盐成功，创办了永利制碱公司之后，卜内门公司采取政治、经济、技术等多重手段，欲将新生的永利公司扼杀在摇篮之中。

由于购买了美国的劣质设备，永利碱品的质量迟迟不能合格，公司费尽了周折，损耗了巨资。永利制碱经历千磨万难，终于在1926年6月生产出合格碱品。生产的成功固然令人欣喜，如何把产品销售出去又使范旭东愁眉不展。

永利制碱投产，触动了卜内门公司的敏感神经。他们趁永利制碱公司立足未稳之机采取先发制人的策略，首先抛出了降价竞销的撒手锏。他们凭借雄厚的资本实力，将纯碱产品价格腰斩，降到原价的40%以下，给永利制碱公司开拓市场设置了重重障碍。永利制碱公司艰苦应战，难以打开市场，面临着严峻的生存危机。

范旭东为此忧心忡忡、寝食不安。一天晚上，他在阅读古籍时受到了先贤“远交近攻”智慧的启迪。于是，一个走出国门的营销攻心战略在他的脑海中酝酿形成。

20世纪20年代，中国和日本都是卜内门公司纯碱销售市场。日本工业发达，需碱量较大，被卜内门公司列为远东重点市场。范旭东先生通过情报部门获悉日本的三井财阀和三菱财阀在争夺市场的过程中，由于自己没有碱厂而处于不利地位，希望找到价廉物美并且稳固的纯碱供应渠道。范旭东认为三井财阀是实施营销攻心战的天赐良机，便亲往三井财阀驻天津办事处，商洽请其代理永利制碱公司在日本市场销售“红三角”牌纯碱事宜，双方一拍即合。

三井欣然同意，随即签订了为期一年的代销合同。由于三井的分支机构遍布日本，加之“红三角”牌纯碱质量上乘，价格又大大低于卜内门公司同类产品，因此推销“红三角”牌纯碱业务十分顺利。范旭东的营销策略出乎卜内门公司的意料，扰乱了其阵脚。为了不丢失太多市场份额，卜内门公司被迫跟随降价。因其在日本销碱量极大，一年下来损失惨重、难以为继。

为此，卜内门公司远东事业部受到了来自本部董事会的严厉谴责。远东事业部不得不急忙终止了在中国市场的跌价竞销，并声明今后在中国市场上不再随意降价。到 1928 年 6 月，永利制碱公司与三井的代销协议期满。卜内门公司为防止永利制碱公司继续扰乱其日本市场，竟然主动代替三井，与永利制碱公司订立了代销合同。该合同规定，自 1928 年 11 月至 1931 年 10 月，永利制碱公司每年委托卜内门公司在日本本部和中国台湾代销纯碱 15000 吨。根据此合同，1929—1930 年间，永利制碱公司每年销到日本的纯碱几乎占其当年总销量的 50%。永利制碱公司在同卜内门公司的竞争中旗开得胜。

永利制碱公司能够在日本市场取胜在很大程度上取决于当时特殊的历史原因。一旦日本本国的纯碱工业发展之后，永利制碱公司的纯碱销路必然受阻。范旭东先生深知此理，永利制碱公司的持续发展必须立足于国内市场。因此，他在大力开拓海外市场的同时，把工作的重心转向了国内市场，因为永利制碱公司与卜内门公司相比已具有一定的竞争优势。首先，就质量而言，永利“红三角”牌纯碱先后在 1926 年美国费城万国博览会和 1930 年比利时商业国际展览会上荣获金奖，产品质量不比卜内门公司的“峨嵋”牌纯碱逊色。其次，卜内门公司的产品通过长途运输漂洋过海而来，距出厂时间较长，质量自然会受到一定影响。再次，随着国人“抵制洋货、爱我国货”运动的不断兴起，国产纯碱为国人所偏爱。最后，因久大销盐时间较久，营业机构遍布全国各大商埠，为永利制碱公司争夺市场提供了销售网络。

永利制碱公司凭借上述种种优势，由北向南逐渐蚕食卜内门公司的势力范围。永利制碱公司还先后建立起华东、辽吉、沪、汉、港粤五大营业区域，一举摧毁了卜内门公司的市场防御体系。到1933年，永利制碱公司的国内纯碱销量已达19855吨，卜内门公司为19702吨。永利制碱公司首次在销量上超过卜内门公司，开始掌握了中国纯碱市场的主动权。

在国际市场上，永利制碱公司生产的纯碱继打入日本市场后，在1932年又打入南洋市场。市场的拓展进一步促进了生产的发展。1933年永利制碱公司的纯碱产量增至33699吨，为1926年的7.5倍。为适应市场需求，1930年永利制碱公司还添设了苛化烧碱车间。烧碱产品投放市场后，极为畅销，1932年销量为116吨，次年即猛增到496吨。永利的市场竞争能力迅速提高。

卜内门公司鉴于在中国市场日益不利的局面，1936年向永利制碱公司提出了配销碱品的建议。永利公司为集中精力开拓新的业务，保持碱厂的持续稳定发展，欣然接受了卜内门公司的建议。双方通过多次谈判斗智斗勇，于1937年5月21日达成了为期3年的碱品配销协定。协定规定以“中华民国”和香港为配销范围，永利公司占55%，卜内门公司占45%，产品价格由双方协商确定。该协定实际上确认了永利公司在中国纯碱市场上的优势地位。

市场竞争是无情的。在中国纯碱市场上不可一世的卜内门公司此时竟在永利制碱公司面前俯首称臣。永利制碱公司在市场竞争中崛起,成为当时中国最大的化工企业,使国际化工界为之震惊,无不对其刮目相看。经过范旭东等永利同人 20 年的努力奋斗,中国的基本化学工业从无到有、从小到大,取得了举世瞩目的巨大成就。

通过这个案例,我们懂得,要想在激烈的市场竞争中取胜,以下几点非常重要:

一是产品质量优良,这是竞争取胜的前提。

二是以其人之道还治其人之身,深入对手的后方,扰乱其阵脚。

三是利用正直人心,营造利我氛围。

四是利用本土销售网络,深入田间地头。

五是适时妥协,不作无序竞争,保存实力,风物长宜放眼量。

以上仅是范旭东先生市场营销策略与智慧的冰山一角,对我们今天的跨国经营、本土竞争都将提供有益的借鉴。

大厂传奇

——范旭东等前辈在南京卸甲甸旁激荡的历史风云

毛泽东在20世纪50年代谈到中国的民族工业时说到四个人不能忘记：讲到重工业不能忘记张之洞；讲到轻工业不能忘记张謇；讲到化学工业不能忘记范旭东；讲到交通运输业不能忘记卢作孚。

今天让我们走近范旭东，范旭东何许人也？

80多年前，范旭东等前辈在南京卸甲甸旁建起了“远东第一大厂”，生产出了技术艰深、具有世界先进水平的硫酸、硝酸、肥田粉等化工产品，书写了“大厂”传奇，为积贫积弱的中国增添了一抹亮色。“大厂”不仅留存于人们的记忆里，而且已经成为当地的地名，在人民的心中树起了一座不朽的丰碑。

范旭东先生仙逝时，毛泽东亲笔题写了“工业先导，功在中华”挽联，委派周恩来前往范旭东先生寓所重庆沙坪坝参加追悼会，蒋介石亲笔题写了“力行致用”挽匾。可见，唯至真至善至美者才能打动不同政见者的心。

2016年7月4日，《中国化工报》以两个整版刊发了中国石油和化学工业联合会会长李寿生先生的激情之作《渤海湾畔的丰碑——重读百年“永久黄”那段令人难忘的历史》,使读者了解到“工业先导”范旭东先生在渤海湾创办民族盐、碱两业的那段历史,对范旭东等前辈肃然起敬。范旭东先生是一座精神富矿,可为后人尤其是中国化工人提供精神滋养,是中华民族伟大复兴征程上不可或缺的深沉禀赋,值得我们深入挖掘。建华根据在南京化学工业公司档案馆、陈列厅的历史资料和厂区文物,以及人物采访资料,以南京永利铔厂为主要线索,拨开历史云烟,走近范旭东、侯德榜等先贤,讲述他们在南京卸甲甸激荡的历史风云,实业救国、拓展视野、科学管理、率先垂范、忠贞爱国的动人故事。

双脚落地　阔步前行

在南京有一个长江拐弯的地方名叫“卸甲甸”。“卸甲甸”的来历有一个美丽的传说。相传楚汉相争时,楚霸王项羽率领江东子弟西征时,被这里的美丽风景和秦淮歌声所吸引,下令执坚披甲的士兵在此卸甲休整,“卸甲甸”因此得名并流传久远。

“卸甲甸”是一个不寻常的江甸,这里注定要激荡历史风云,要书写中华民族的苦难与辉煌,要成为鲲鹏展翅的灵秀宝地。

在项羽卸甲驻扎 2000 多年后的 1934 年,“工业先导”范旭东和化工专家侯德榜带领他们的团体在这块土地上再次激荡历史风云,使中国化工双脚落地阔步前行,振翼双飞气冲霄汉,在这里书写了中国化工史上的传奇。

范旭东和侯德榜实业救国的第一只脚踏在了天津的渤海湾畔,在那里奠定了我国盐、碱基业。

从日本学成归来,又经历欧洲考察后,范旭东更坚定了实业救国的意志和决心。

1914 年,满怀实业救国凌云壮志的范旭东在做了思想和物质准备后,与几位同人一起出资创建的久大精盐公司成为实业救国的起点,然后顺势而为艰苦奋斗开创了纯碱和烧碱事业。

范旭东看着滚滚东去的长江,兴奋地说:“我国有了纯碱、烧碱,还只能说有了一只脚;要等有了硫酸、硝酸,才算有了两只脚,我国化学工业才可以阔步前进了。”

酸广泛应用于各个工业部门,被称为“工业之母”,是国防军工和化肥的主要原料。对于贫穷落后的中国来说,如果不能生产硫酸和硝酸,将会与世界发达国家的差距越拉越大,民族危机会越来越深重。

20 世纪 30 年代的中国发生了空前严重的农业危机,民不果腹、饿殍遍地,仅靠施用畜禽粪便和草木灰农家肥料增长的粮食难以满足全国人的肚腹。在这样的背景下,外国人的肥田粉悄然进入中国,沿海一带的种植大户首先尝到了洋肥料的好处,于是价格昂贵的肥田粉进口量急剧增加,大量白银滚滚外流,每年多达 2000 万两之巨。

为了解决国防和农业困境,国民政府实业部意识到必须发展自己的化学工业,非自行创设硫酸铔(“铔”即“铵”之旧称)厂不可。同时,实业部又顾虑此项工业技术艰深及资金筹措不易,希望引进外资合作建设,国民政府成立筹备委员会专务此项事宜。筹备委员会委员中有永利制碱公司经理范旭东先生,以及海内专家、金融界领袖。筹备委员会先后与英国帝国化学工业有限公司、德国蔼奇染料公司等海外公司进行了多轮商洽。不料,海外公司店大欺客、态度傲慢，所提条件十分苛刻，如要求财政部对进口原料给予减税，并且必须将硫酸铔厂出品交予外方在华经理代售，承诺12年内中国不得在长江以南再建新的硫酸铔厂，并且索要的工厂设计费用十分昂贵。时任政府实业部部长的陈果夫听取汇报后，情绪激动、气愤不已，认为海外公司欺人太甚，这种有损国格国力的合作无法接受。

在筹备委员会的一次汇报会上，气氛十分严肃，委员们一个个愁眉不展。陈果夫部长无奈地将目光投向了范旭东先生，希望能从他身上找到化解危机、救国救民的良方。范旭东，这个身材不高、举止儒雅、满脸坚毅的湖南汉子认为硫酸铔厂生产的产品"平和时代为农田肥料之泉源，一旦国有缓急则改造军火以效力疆场，因此绝不能受制于外国，中国人完全有信心有能力建设硫酸铔厂"。其实，早在1931年6月，范旭东经人引荐在天津与美国氮气工程公司白斯脱和律杰森等有过会晤，探讨过创建硫酸铔厂有关事宜，有足够的底气。范旭东的一番慷慨激昂的陈述与建议，使愁眉不展的陈部长看到了民族化工的曙光，于是茅塞顿开、喜出望外。鉴于范旭东先生不仅有着忠心报国的意愿和担当振兴民族化工事业大任的气度，而且有着成功创办天津盐、碱两业的经验。陈果夫部长在会上果断提议：中国的国营硫酸铔厂事业让归永利制碱公司承办，遂决定谢绝外人，由部呈请行政院批决。

由于民族硫酸铔厂事关重大，行政院也提高了运行效率。1933年12月8日，实业部转发行政院第136次会议审议公决，核准永利制碱公司经理范旭东先生承办硫酸铔厂事业，并限于动工后两年半建成。

1934年3月28日,永利制碱公司在天津召开临时股东会,通过永利制碱公司更名为永利化学工业公司的决议,组织力量着手筹建硫酸铔厂。

关于永利创办硫酸铔厂之事,当时有些与范旭东一起创业、经历磨难的股东和挚友也有不少担忧,担心范旭东分心费力难以兼顾,担忧工程的巨大资金难以筹集,担忧制酸工业技术艰深难以驾驭,担忧国字号项目耽误不起,甚至有请范旭东知难而退的声音。在盐、碱两业呕心沥血、摸爬滚打了20多年的范旭东先生深知创建硫酸铔厂事业之艰巨与困难。他曾发出"全然出自国家见地,真是拼命跳火坑"之感言,把个人的生死名利置之度外,不辞艰辛、欣然担当、昂首挺胸、一往无前。

以上就是为何要创建民族硫酸铔厂的动机。至于硫酸铔厂为何要选择在南京的卸甲甸,主要是出于以下考虑。

厂址的选择犹如一个人的先天基因,对人的一生都产生重大影响。

关于硫酸铔厂厂址的选择,筹备组专家曾先后赴上海杨树浦、安徽马鞍山、湖南株洲和长沙、南京卸甲甸等处跋山涉水、实地勘察、专题讨论。《永利化学工业公司硫酸铔厂成立经过及概况》一文记载了最后定址南京卸甲甸的重要原因,"因为此项工业之机器特别笨重,如合成器竟重达一百多吨一件,其他六七十吨一件者甚多,该公司为此笨重之机件,即在卸甲甸运输便利,如厂址设在内地,则搬运此类笨重机件,不但耗时伤财,上游水浅,海轮不能直达,几为不可能之事,同时卸甲甸为国都水上交通之门户,三面环山适于工业建设"。另外,卸甲甸离津浦路干线仅25公里,水陆交通均较便利;此地地价便宜,征购方便;还有一个重要因素是卸甲甸地处长江拐弯处,水流湍急、不易淤积,属于天然良港,不仅有利于水路运输,而且有利于降低码头管理及疏浚成本。

1934 年 4 月 5 日,永利公司与当时的六合县政府代表就土地价格、房屋拆迁、安置就业等问题达成协议。1934 年 6 月下旬,厂址购妥,共计征购土地 1277 亩 5 分 1 厘 6 毫。80 多年后的中国石化集团南京化学工业有限公司(简称“南化公司”)档案馆仍然保留着《永利化学工业公司迁移费领款存根》,记载了各搬迁户的土地面积和领款数额。这些村民为了硫酸铔厂建设恋恋不舍地离开了祖祖辈辈生活的家园,民族大计的实现蕴含着广大民众的参与和付出。

1934 年 7 月起,基泰工程公司进入工地平整场地,开始建筑大码头,修筑纵横马路,浇筑基座,盖厂房、公用房等,永利化学工业公司硫酸铔厂(简称“永利铔厂”)建设序幕全面拉开。

为了解决永利铔厂的技术来源,1934 年 4 月 8 日公司委派侯德榜先生率领塘沽技术娴熟的专员张子丰、章怀西、许奎俊、杨运珊、侯敬思共 6 人远涉重洋赴美洽谈永利铔厂的设计合同、设备采购、人员培训事宜,并赴相关硫酸铔厂实地考察,学习借鉴海外企业的成功经验。

侯德榜先后与美国氮气公司、法国克劳特公司、意大利福塞尔公司和卡塞尔公司进行洽谈,价比多家,优中择优。经过几轮比较,美国氮气公司的优势明显,但达成最终协议是异常艰难的。侯德榜事前做足了功课,运用投石问路、欲擒故纵的智慧,经过艰苦努力,多轮商谈,在美国氮气公司取消诸多专利限制的前提下将设计费由 19 万美元降到 10.2 万美元,最终与其签订了采用当时世界最先进的哈伯法生产工艺的设计合同,最大限度地维护了永利铔厂的利益。美国氮气公司总经理蒲柏事后曾戏称:“侯德榜真是不易与之交涉者也!”

在设计合同实施过程中,范旭东先生借鉴碱厂的教训,将准备使用的国内水、煤、硫黄等样品寄往美国,以做化验和实验之用,提醒设计方注意中国环境特点,要求全部按照最差标准进行设计,不准套用美国厂家原有图纸,使设计方全部重新绘制 700 多份设计图。当美国氮气公司完成初步设计任务后,侯德榜又组织技师赴美对图纸逐一进行严格的审查和核对,纠正了其中不少差误。1935 年春,永利铔厂的设计任务基本完成。

1935 年 2 月,美国氮气公司指派 3 名技师来华,监督工程建设和机件安装。5 月,永利铔厂订购的机器设备陆续运达,次第安装。9 月,该厂两座大气柜装置完工,“矗立云表,顿成壮观”。同时,江边建起了双杆百吨起重机及趸船,用于起卸重型设备的全钢浮码头落成,可以吊卸百吨合成塔等重型设备。点睛之笔是 1935 年“双十节”由美运抵之百吨重铔气合成器,在技师的有序指挥下,经过员工的同心努力,仅用一小时就被安全卸下海轮,接着顺利安装于厂内。永利铔厂员工士气大振。塘沽碱厂全力协作,制造机器设备,南运卸甲甸工地以供安装。各部门加班加点、克服困难、加快进度,至 1936 年春厂房建设和机件安装任务过半。1936 年 9 月,压缩部、合成部、精炼部等重要工程均已次第完成,至 12 月中旬,锅炉房、硝酸厂、硫酸铔厂、内外管线、冷水塔、江边深井等工程一一完成。永利铔厂基建工程至此全部竣工。

1937 年 2 月,南京永利铔厂的硫酸厂、氮气厂及硫酸铔厂试投产,规模为年产合成氨 3.3 万吨、硫酸 4 万吨、硫酸铔 5 万吨和硝酸 0.33 万吨。令建设者的心情无比激动的是 1 月 31 日第一批合格液氨传出流水线。大家小心翼翼地传递着试管中的氨样,闻着从试管里散发出来的氨味觉得比世界上最醇美的酒还醉人。2 月 5 日下午 3 时许,第一包"红三角"牌肥田粉在流水线上孕育而出。其时,正值春耕之季,"红三角"牌肥田粉销到江苏、浙江、福建、广东以及东南亚一带,极受农民欢迎,并可与英国卜内门"狮马"名牌肥田粉媲美,打破了英、德垄断中国化肥市场之局面,开启了中国化肥工业之先河。

在永利铔厂建成剪彩之日,范旭东和嘉宾们一起走上最高建筑,纵览全厂壮观景色,远眺滚滚长江,面对欢呼雀跃的同人,无比感慨地说:"中国基本化工的两翼——酸与碱已经长成,任凭中国化工翱翔,不再怕基本原料缺乏的恐慌了。"长期压在范旭东心中的恐慌之石顿时落地成基,他为此兴奋不已。

随着永利铔厂如期在南京卸甲甸建成投产,中国化工双脚落地,两翼奋飞。这段光荣的历史已永远载入史册,范旭东、侯德榜等先贤的伟业镌刻在了"十朝都会"的大地上。

开阔视野　融入世界

范旭东、侯德榜等先贤能够在国弱民穷、列强欺凌的困境中发展中国化学工业,并且能够建成"远东第一大厂",在万国博览会上夺得金奖,给后人留下了许多有益的启迪。

通过查阅历史资料,追寻先贤的足迹,我们清晰地看到范旭东、侯德榜等先贤的胸襟、卓识和眼界。他们的报国志向被牢牢地筑在世界前沿,远大目标被准确地投向了世界高地。

我们从泛黄的《海王》旬刊上了解到,该旬刊每期都有翻译的世界化工发展前沿动态的文章。“永久黄”(永利铔厂、久大精盐、黄海研究社)员工通过《海王》旬刊可以及时获取世界前沿信息,纵观世界风云,了解发展动态,调整前进方向。

范旭东先生在投身实业,尤其在创设永利铔厂时就志向远大、起点高新,要求设备先进、人才一流。硫酸、硝酸、肥田粉装置的关键设备都是从当时最先进的德国、美国、英国等海外公司购买的。这些高质量的设备装置为成功投产、顺利运行发挥了重要作用。

产出中国第一袋肥田粉的关键设备是被工人称为“大车”的第一台循环压缩机,于1936年自德国ABORSIG公司购得。这台压缩机正常运行长达52年,现作为历史文物被永久保存在如今的南化公司生产区,供人们观瞻。这台孤品存世的压缩机见证了中国化肥的发展历史,与永利铔厂员工同悲同喜。前两年,德国厂家了解到这台80年前出售给中国的设备仍被珍藏,曾想出价100万元购回保存,但永利铔厂后人却说,这台设备已成为不可移动物件,出再多的钱也不会出售。

事业成败　关键在人

永利铔厂之所以能够成为中国化学工业发展史上的一朵奇葩,是因为创办人范旭东先生具有天下英才皆为我用的胸襟与卓识。

人们谈起中国化学工业的历史,自然也无法回避范旭东与侯德榜两人的友谊。他们志同道合、彼此信任、配合默契、感情笃深、称兄道弟。正是他们的伟大友谊成就了“永久黄”事业的辉煌，才赢得了中国化学工业事业旭日东升、中国化学工业道德标榜千秋。

范旭东先生曾毕业于日本西京帝大化学系，并且考察过被日本称为老师的德国、英国等西方国家。这些海外阅历扩大了他的视野，开阔了他的胸襟。

范旭东先生深知“事业的真正基础是人才”，要在全球范围招聘一流人才，打造世界一流的化学工业企业。他委托发起人之一的陈调甫找到美国纽约华昌贸易公司董事长李国钦，请他帮助在美国物色出色的化学工业技术人才。

1919年，刚刚获得博士学位的侯德榜便在李国钦的公司结识了陈调甫。陈调甫向侯德榜介绍了范旭东先生的为人及志向。侯德榜听完陈调甫的介绍后，被这位未曾谋面的范旭东先生深深地吸引着。他认定范旭东就是他人生中的贵人和事业的伙伴。陈调甫慧眼识珠，在与侯德榜交谈之后早已兴奋不已，立即致信范旭东先生。他难以抑制激动之情，在信中写道：“我已在美物色到你所需要的人才，他的名字叫侯德榜。”他在信中对侯德榜做了简介，赞誉之辞溢满纸张。范旭东先生接到陈调甫漂洋过海的信件后十分高兴，也立即复信赞美“有了侯德榜，有了陈调甫，中国的化学工业敢不振兴吗？”，振奋和喜悦之情跃然纸上。

侯德榜为范旭东先生的人格与事业雄心所吸引，归心似箭，迅速办理了相关手续漂洋过海回到了祖国，直接奔向了范旭东。他们彻夜长谈，相见恨晚。侯德榜从此与范旭东先生成为患难与共的兄弟。他们携手开启了中国化学工业事业的奋斗之旅。

范旭东在取得渤海湾畔盐碱事业成功之后，当创建南京永利铔厂的使命来临之时，毫不犹豫地把这副重担交给了最为信任和欣赏的侯德榜，委任他为永利铔厂厂长兼技师长（即总工程师）。侯德榜一向奉行“受人之托，忠人之事”的传统文化。他的聪明才智与报国之志又在南京卸甲甸这片热土上得到了尽情发挥。正是他们的忠诚、敬业、胸襟与学识，才使得永利铔厂得以排难前行、如期建成、顺利投产、史册流芳。

侯德榜之所以能够获得万国博览会金奖，创造侯氏碱法，与他谦虚好学、融入世界是密不可分的。

侯德榜犹如一棵小草在这片风侵雨袭、酷暑严寒的土地上顽强生长、春华秋实。他将理论与实践相结合，吸取人类的科学成果，不断开拓创新，突破理论禁区，创造了侯氏碱法。在侯氏碱法问世之前，世界碱业通常采用苏联人发明的苏尔维制碱法。苏尔维制碱法的盐转化率在75%左右，而侯氏碱法可使盐转化率达到95%以上，而且采用联合循环工艺，尽物之性、节能环保。侯氏碱法一经问世震惊寰宇。制碱业纷纷仿效，侯德榜先生成为世界制碱业公认的技术权威，为中华民族争得了无上荣耀。

有一位哲人说过：“比陆地宽阔的是海洋，比海洋宽阔的是天空，比天空更博大的是人的心胸。”范旭东先生就是一个有着博大心胸的人。他为了成就民族化学工业伟业，以博大的心胸借鉴全球最佳实践，不惜重金在全球范围招聘人才。人才是“永久黄”成功的关键因素。

在“永久黄”的团体中，除了侯德榜等有着海外留学经历的本土人才外，还有美国、英国、德国、瑞典等国家的外籍化工专业技术人员，他们为中国化学工业的发展发挥了重要作用。其中，有一位来自美国的中文名字叫“李佐华”的化学工业技术专家与中国结下了不解情缘。李佐华将宝贵的青春年华献给了中国的化学工业事业，在几个聘任期内帮助永利化学公司，尤其是永利铔厂解决了许多设计、工艺、设备等技术难题，立下了汗马功劳。李佐华的工作得到了范旭东、侯德榜的高度肯定和大力支持。李佐华不仅在化学工业专业技术方面辅助、帮助中国，而且成为传播中国文化、介绍真实中国的友好使者。招聘李佐华等外籍专家的成功案例可资后世借鉴，足可成为如今对外开放，积极走出去，实施“一带一路”发展战略的思想与文化资源。

在兴建永利铔厂的过程中，从塘沽碱厂抽调了大批技术骨干予以支援，永利铔厂一时人才济济，“具有大学毕业程度者共 80 余人，其曾经留学国外有高级工程学位者约 20 人。该厂容才之多，为国内各厂所仅见”。这座远东最大的化工厂，从 1934 年开始动工建厂到 1937 年 2 月正式投产，总共用了两年半的时间。一位曾代表美方，为日本、苏联和中国兴建相同规模的硫酸铔厂的美国工程师事后评论道：“就进度快和质量好而言，中国稳居第一。”他还说永利技术人员及工人的艰苦奋斗精神尤其令人感动。能够赢得这个“稳居第一”美誉的因素很多，国际化一流人才无疑是其中重要因素。

范旭东先生虽然出生在经济比较落后的湖南乡村，但他从小受到胸怀天下、放眼世界的滋养。当年范旭东先生奠基中国化学工业事业的天津、南京也是遭受列强蹂躏、灾难深重的地方，但他将目光投向了世界、锁定了海洋。他预言,“中国的生命在海洋”“海洋化工,必然要形成民族的长城”。他有着比海洋更博大的心胸、比宇宙更宽广的视野,才与世界顶级人才结伴同舞,共同奏响了中国化工事业的辉煌乐章!

科学管理　规范运作

范旭东、侯德榜等先贤在80多年前创建企业时,就体现了“产权明晰、责任明确、政企分开、管理科学”的现代企业的真谛。

永利化学工业公司是一家股份制公司,有着明晰的产权股份。股东会为最高决策机构,董事会为最高权力机构,总经理在董事会领导下执行董事会决议,负责日常工作。监事会负责监督股东大会和董事会决议的执行。各项章程规范齐全,最值得一提的是公司决策、权力、执行、监督等职能运行规范、井然有序。即使在日寇侵略、战火连天、多次转移的艰难岁月,公司仍然不改初衷、不坏规矩、依规运作。

我们在南化公司档案室里查阅到了一份“永利化学工业公司第五届股东常会记录”,这份记录详细记载了此次会议的情况。从记录可以看出,股东会议充分发扬民主,做出决定不违定章,值得后人学习借鉴。

尊崇科学是范旭东先生为“永久黄”制定的“四大信条”之首。他认为一国富强,必须脱离闭塞愚昧,学习科学知识,提升国民素质。范旭东先生面对中国的时局,发出感叹:“中国广土众民,本不应该患穷患弱,所以贫弱完全由于不学,这极微的病根易被人忽略,他却支配了中国的命运,可惜存亡分歧的关头,能够看得透彻的人,至今还是少数。”

范旭东先生不是怨天尤人的评论家,而是身体力行的先行者,即使在黑暗笼罩的长夜,也犹如一支蜡烛尽量发出光亮、照明前路、驱散黑暗。他说:“中国如其没有一班人沉下心来,不趁热,不惮烦,不为当世功名富贵所惑,至心皈命为中国创造新的学艺技术,中国决产不出新生命来,世论多嫌这看法为迂缓,十九口是心非,所以只有邀集几个志同道合的人关起门来静悄悄的自己去干,期以岁月,果能有些许成就,一切归之国家,决不自私。”

范旭东先生植入胸中的科学种子得到阳光雨露后,终于生根发芽、破土而出。他以革除民族资本企业旧式管理的种种陋习为己任,以崇尚科学的精神大胆吸收西方先进的管理思想和方法,为永利化学工业公司制定了一套科学的会计制度、物料管理、选派人员出国学习等先进的管理制度,尤其是人事管理制度,既有西方严格的考核体系,又有中国的浓厚人情。坚持以人为本的企业理念,通过关心和改善职工的福利生活,大力激发职工的爱厂之情。永利公司在几十年前就先后兴建了工人食堂、宿舍、职工消费合作社、运动场、图书室、附属医院、幼稚园、明星小学校等。工厂实行职工三班工作制,成为中国企业界最早实行每日八小时工作制的工厂。永利公司的企业管理逐步走上科学化、制度化的轨道,从而为其事业的长盛不衰提供了重要的组织保证。

由范旭东等股东出资创立并维持日常经费开支的中国第一个私立化工研究机关——黄海化学工业研究社于1922年8月在河北省的塘沽成立,聘请美国哈佛大学毕业的孙学悟(颖川)博士为社长。久大、永利的技师均为该社的研究员。从此,中国化学工业科学技术的第一声春雷惊醒了神州大地。

当时黄海化学工业研究社的目标为三项,即协助久大、永利之技术,调查及分析资源,试验长芦盐卤的应用。后来,该社还增加了与国计民生紧密相关的项目,如轻重金属之于国防工业,肥料之于农作物,菌学之于农产制造,以及水溶性盐类之于化工医药等主要研究对象。

化学工业基础研究是一项投资巨大、周期很长、难见成效的事业。关于创立黄海化学工业研究社,当时也有不同的声音,有些人难以理解范旭东先生的所作所为,甚至出现了反对声音。为此,范旭东先生做了大量的解释与宣传工作。他说:"现代化的新企业,都是在研究室中胎育的,哪个企业离开了研究,他本身便不能够生存。"范旭东先生的高瞻远瞩与真知灼见不仅成为孕育黄海化学工业研究社的胚胎,而且倾力呵护着它的成长与发展,不遗余力地支持黄海化学工业研究社的发展。黄海化学工业研究社成为我国化学工业理论研究和科研成果的发祥地,是我国化学工业科技人才的摇篮。今天功勋卓著的化学工业界两院院士莫不对范旭东先生顶礼膜拜,尊其为先贤。黄海化学工业研究社功在当代,利在千秋,经历 90 多年的风雨洗礼,犹如一棵大树根深叶茂。尽管名称几经变更,但吃水不忘挖井人,源头之恩岂能忘怀。

在范旭东和侯德榜领导下的"永久黄"团队形成了良好的学习风气,强化了科学的从业意识,培育了严谨的工作作风。这些科学信条和精神体现在每一张图纸的线条上,反映在每一步计算的数据上,记载在文稿的每一个符号上。

当我们在查阅历史档案资料时,可以看到永利铔厂的铅印刊物仍有更改的字迹。这说明他们的校对流程延伸到了正式出刊之后,体现了高度负责的精神。

还有一个案例值得一提。为了节省资金,创建永利铔厂时,采取了“不引进成套设备,只引进关键设备,自己能做的自力更生”的方略。侯德榜先生亲率5名技术娴熟人员赴美,对700多张全厂设计图样一张张比对、审查,从来自美国、德国、英国、瑞典等国的3万余份关键设备报单中,一一进行参数计算、校核,结果选购了多国设备,而且在安装过程中与本国制造的设备全部能够配套安装并严丝合缝,未发现接口有任何问题。这是何等精益、何等严谨、何等负责啊!这是永利铔厂人对科学信条和精神的生动诠释!

率先垂范　乐于奉献

率先垂范、乐于奉献贯穿了范旭东、侯德榜等前辈的一生。他们为“久永黄”团体和后人做出了榜样、昭示了典范。

“久永黄”团体之所以能在国家贫弱、困难重重的恶劣环境下,同心同德、开拓进取、创造辉煌,是因为他们有着崇拜和依赖的精神领袖,有着榜样的激励,有着人格的向往。

在《范旭东先生及所经营之三大事业》的册子中有这样一段记载:“这一次欢迎会结束时,范旭东先生仍然是这样说的:‘我要马上开始工作,希望同人各守各的岗位,少谈方法,多做实事,向前努力,把我们工业做一颗民族复兴的种子。’那一天的‘永久黄’同人非常欢欣,他们谢谢老天,不但为团体留下一位领袖,更为中国工业界得着一颗辉煌的巨星。白发苍苍的李烛尘站起来代表答词,只有一句衷心吐出的表白:‘我们都愿意跟随范先生!’”

李烛尘就是“红三角”牌商标中三角有其一的追随范旭东先生实业救国、开疆拓土的元老，是永利化学工业公司资深的副总经理。他的“11 字”表白代表了全体“永久黄”人的心声，是对范旭东先生由衷的敬佩和褒奖。

范旭东先生所生活的晚清时代，仍然盛行读书做官、光宗耀祖的风气。范旭东的兄长范源廉官至政府教育总长，可谓位高权重。范旭东先生在兄长的庇护下，从日本留学归来后走上了仕途，在政府财政部做了一名官吏。如果他继续沿着仕途走下去，凭着他的聪明学识，加上兄长的关照，其仕途应当会一片光明。然而，范旭东先生的志向不在官场，而在于实业救国。

实业救国的种子一直在范旭东先生心中萌发。当被派到欧洲考察实业，他看到日本所模仿的国家是在怎样努力。在德国他深受感动，激起了无限热情，认定了自己应当脚踏实地走出一条新路。他冲破世俗偏见，不顾家人的反对，毅然跳槽下海、弃官从商，走上了实业救国之路。他仰望星空、抛锚起航，凝聚一批志同道合的同人不畏激流险滩，向着既定目标义无反顾奋勇前行。

在永利公司成立不久，范旭东先生就创办了《海王》内部刊物。范旭东先生重视旬刊，钟爱旬刊。他尽管日理万机，却坚持亲自撰写稿件。据不完全统计，他先后在《海王》刊物上发表的文章达 100 多篇，这些文章产生了良好反响和重要作用。在他的感召下，许多社会名流积极为《海王》旬刊写稿，如马寅初先生的《中国工业进步迟滞之原因及救济方法》及齐白石、徐悲鸿两位大师合画的《合作机遇图》在《海王》上发表后，《海王》旬刊名声大振。范旭东先生还强调：“《海王》是团体最重要的分子，是团结这个团体的胶着力，我们有了错处，受他的潜移默化，自然悔改。误入迷途，他像暗夜的灯塔般指点方向。”范旭东先生对企业文化的培育、对媒介的功能认识深刻，并且亲力亲为，值得后人学习借鉴。

范旭东先生亲自组织，发动员工制定了“永久黄”团体“四大信条”。在广泛征求意见的基础上，范旭东先生煮海为盐、聚沙寻金，几上几下确定了“我们在原则上，绝对的相信科学；我们在事业上，积极的发展实业；我们在行动上，宁愿牺牲个人顾全团体；我们在精神上，以能服务社会为最大光荣”的“四大信条”，并由侯德榜先生以楷书书写。范旭东先生制定的“四大信条”成为“永久黄”团体的共同理念和行为准则，成为企业发展的文化基因。随着岁月的洗礼，“四大信条”的光辉越来越耀眼。它岂止是“永久黄”人的信条也是中国化工人的信条，也是中华民族深沉的民族禀赋。当我们许多所谓的文化专家热衷于到国外去寻找企业文化起源和案例的时候，却犯下了“灯下黑”和“妄自菲薄”的错误。我们应当增强中华民族的文化自信，到范旭东、侯德榜先贤的“四大信条”中去挖掘文化富矿、去汲取精神营养！

范旭东先生不仅实业救国勇于先导，文化建设亲自策划，而且在危险关头挺身而出不顾安危。1937 年在日寇向永利铔厂狂轰滥炸的危急关头，范旭东先生亲临永利铔厂看望员工，救护伤员。侯德榜遵照范旭东先生指示，组织人员整理重要图纸、拆卸关键仪表机件西撤入川，最后一个撤离永利铔厂，把危险留给自己，令同人感动不已。

在日寇侵华的猖狂时期，沿海及越南的交通线路均被日寇控制，永利化学工业公司被迫西迁。为了尽快在华西建设永利川厂，在国外订购的设备只能通过山高壑深、险象环生的中缅线运输入境。永利化学工业公司将重心工作转入战时运输。范旭东先生亲自赴美国采购福特和司蒂倍克载重汽车各100辆及配件。因为事关重大，年过花甲的范旭东先生不顾同人的劝阻，坚持实地考察起点为缅甸仰光，终点为云南昆明的滇缅运输线，再接运到四川。他说："运输线就是我们的生命线，生命线的争取，首先要拿生命去拼。"他甘冒风险，身先士卒，将生死置之度外。在他的率领和感召下，运输队员戮力同心、全力以赴，不仅要克服炸雷暴雨、山崩路滑、脚下绝壁、山雾弥漫、视线咫尺、左盘右旋的自然艰险，而且要与政府部门和军方周旋力争，历时80多天，终于开辟了一条滇缅生死线，运回了部分设备和配件。范旭东先生为此披肝沥胆、吃苦受累、经危历险，致使身体受到损害。有资料介绍，范旭东先生早逝与此次跋涉历险有关。

范旭东先生一生清贫，不治家产，将个人名下的久大、永利公司创业人的酬金永远捐给黄海化学工业研究社作日常经费。他当了30多年"大老板"，去世后竟然没有留下私产，连夫人的生活费、女儿留学的经费都没有保障，可以称得上是一个无私的人、一个纯粹的人。

中国人民经过长期抗战，终于打败了日本侵略者。范旭东先生对战后复兴化学工业事业充满了极高热情，即派先遣队前往南京接收永利铔厂，并组织修复、恢复生产。令人十分遗憾的是，正当他豪情满怀要在华夏大地上描绘宏图，实现"十厂计划"(即塘沽碱厂、南京硫酸铔厂、五通桥深井与新法硝酸肥料厂、南京塑性品厂、株洲水泥厂、青岛电解烧碱漂粉厂、株洲硫酸铔厂、南京新法碱厂、上海玻璃厂、株洲炼焦厂)之时,这位工业先导、民族英雄抱着未酬壮志的遗憾,于 1945 年 10 月 4 日在重庆沙坪坝寓所逝世,享年 62 岁。

范旭东先生在临终前留下了“齐心合德,努力前进”的遗言,当时在场的同人及家人为之动容、泣不成声。范旭东先生的英年早逝震惊中外,不仅是“永久黄”团体的重大损失,而且是中国人民的重大损失。先贤虽已乘鹤而去,伟业却永世长存,丹心会永照汗青。

伟哉,范旭东!

不用过多解读,一滴水可以折射太阳的光辉。范旭东、侯德榜等先贤的成功在于不仅自己高尚,而且影响带领更多的人高尚!

爱国情深　矢志不渝

爱国救国构成了范旭东先生生命的主线。他的爱国思想来源于湖南的文化基因,救国种子的萌芽基于使命担当。我们从历史档案中可以发现范旭东先生爱国救国思想的脉络,可以知其爱国救国之所以然。

范旭东先生祖籍为湖南湘阴,这是一块神奇的土地。“惟楚有材,于斯为盛”被湖南人引以为傲。他们骄傲自有骄傲的理由。因为这里享有“道南正脉”“潇湘槐市”的历史美誉。朱熹、王夫之、张拭等理学名家纷纷聚集湖南岳麓书院传播中国传统文化。中国近当代叱咤风云的人物,如曾国藩、左宗棠、魏源、梁启超、陈佑铭、黄公度、谭嗣同、唐才常、熊希龄、毛泽东等都在岳麓书院求学受教、格物修身、健全人格、关注国运。岳麓书院兴办的时务学堂成为新思想的策源地,深深地浸染着年幼的范旭东,在他的心里种下了忧国忧民的种子。

范旭东和他的兄长范源廉先后离乡,因敬仰梁任先生,进了开风气之先的时务学堂。“他们在那里被新政主持者开亮了眼睛,改变了思想,从当时当官发财的旧套,立志要做救国救民的大事。后来慈禧太后干政,新政收场,这批新政人物全军覆没,谭嗣同、唐才常两公先后殉国,在他们死者自然是求仁得仁,壮烈千古,但在这时期的幼稚心灵中已经种下了时代的种子,都要做革命的继承人,为国家民族的再造,分一份艰辛的担子。”

范旭东先生自小深受当地新风气之熏陶,爱国救国思想的形成不是一时之冲动、心血之来潮,而是有着悠久的文化基因使然,有着先贤的榜样力量激励,他的血管里奔涌着爱国救国的血液。因此,当他走实业救国的道路之后,爱国救国宛若大海中的航标,始终照亮着他的前程。

范旭东先生在创建“永久黄”事业的过程中坚持“引进外国技术、设备时,把国家的需要、人民的福利必须摆在首位”的原则,在建设永利铔厂时采用美国氮气工程公司最先进的工艺、第一流的技术装备和操作方法。在日寇侵略的非常时期,范旭东对外出采购设备的总工程师侯德榜说:“设计和采购不仅要优质、快速、廉价,还要补充一句:日本帝国主义侵占我国东北已经三年了,现在热河又陷入敌手,华北也岌岌可危。大敌当前,我们即使遇到优质、快速、廉价的日本货也不应该要,决不能贪小利而失大义。”

这是何等的大义、何等的气节。这种大义与气节在今天仍然令我们高山仰止。中国人如果都像范旭东先生这样有大义、有气节,同心协力支持民族工业发展,何愁中华民族不能复兴强盛!

国家的不幸,也是企业的不幸。因侵华战争的爆发,投产不到8个月的永利铔厂被迫停产。

日本侵略者对永利铔厂觊觎已久,为了扩大军工生产,曾企图直接利用永利铔厂的硝酸设备生产火药原料。日寇通过伪政府和汉奸等软硬兼施逼迫范旭东和侯德榜就范。在日本侵略者和汉奸走狗的威逼、利诱面前,范旭东、侯德榜毅然发出了"宁举丧,不受奠仪"的民族最强音,义正词严地告诉日寇和汉奸:头可断、血可流,想用永利铔厂为侵略者生产军火杀害中国人万无可能。日寇见收买不成,便于1937年8月21日、9月27日、10月21日对永利铔厂进行了三轮轰炸,共投下87枚罪恶的炸弹,造成员工伤亡,使永利铔厂的厂房、设备遭到严重摧毁。

1942年,日寇又强行将生产硝酸的全套设备暴力拆卸,包括8座吸收塔、1座氧化塔、1座浓硝酸塔等,28套设备,共1482件,总重量550吨,全为高级合金钢板制成。日寇将这些设备运往日本九州,安装在大牟田"东洋高压株式会社横须工厂"用于军工生产。

抗战胜利后,永利铔厂立即启动了向日本索要硝酸装置的程序。侯德榜向国民政府申请要求日本归还劫掠设备,并在《大公报》撰文"要日本赔偿,一定要日本归还与赔偿,即使是破铜烂铁也是有价值的,要注意这些赔偿来的东西是我们八年流血换来的结果"。在索要硝酸塔期间他们几经周折,阻力重重。1947年7月7日,侯德榜亲赴日本,与盟军总司令麦克阿瑟和远东经济委员会进行交涉、据理力争、寸步不让。经过两年零八个月的艰难努力,盟军总部于1947年9月18日复文,同意将现有全套硝酸设备归还原主。1948 年 3 月 27 日，拆卸的硝酸塔设备由“海鄂”号轮船装载回国。4 月 11 日抵达南京永利铔厂码头。历经磨难的硝酸塔设备终于回归家园，重新矗立在了扬子江畔。这套硝酸塔设备从 1952 年恢复生产以来，一直运行到 2011 年才光荣退役。如今这座承载传奇爱国故事的硝酸塔被南京市确定为不可移动文物永久保存，成为爱国主义教育的生动教材。

永利铔厂从诞生的第一天，就种下了爱国的优良传统。1937 年 8 月 13 日，日本侵占上海，揭开淞沪会战序幕。富有爱国精神的永利铔厂职工在范旭东先生的带领下，为抗战将士日夜生产浓硝酸等军需产品，并利用铁工房赶制地雷壳，将军用铁锹、飞机尾翼部件送入金陵兵工厂，支援抗日战争。

我们在档案馆查阅到一份用毛笔工整书写的由工厂技师和部队军工专家联合参与的炸药试验原始记录，诠释了永利铔厂人贡献国防、抗日救国的积极行动。

回到人民手中的永利铔厂的广大员工热情高涨，加班加点多产产品。当工厂遇到资金困难时，永利铔厂的 2248 名职工同意从 1951 年 1 月起减少四分之一的工资为国分忧，减薪延续至 1952 年 6 月，总金额为 120 多万元，至 1985 年 6 月 12 日才全部归还员工所减工资。

1951 年 6 月 1 日，中国人民抗美援朝总会向全国人民发出了捐献飞机、大炮、坦克的号召，随后一场全国的捐献武器运动由此展开。饱经战争创伤的永利铔厂工人纷纷投入增产节约、捐献武器的活动中，积极签订《爱国公约》，用实际行动抗美援朝。经过广大职工的共同努力，1951 年 12 月 31 日，永利铔厂实现增产节约 26

亿元(旧币),为抗美援朝战争捐献飞机1架、大炮1门,并将捐献的飞机、大炮骄傲地命名为“铔厂工人号”。

薪火相传　再谱新篇

范旭东、侯德榜等先贤在卸甲甸旁建立的伟业、培育的文化成为中华民族的深沉禀赋,是中国化工人的精神宝藏。永利铔厂后人及中国化工人极为珍视,正在薪火相传、弘扬光大。

据老红军、解放南京时任104师参谋长张绍安回忆:毛泽东对永利铔厂十分看重,亲自对解放军下达命令“对付永利铔厂守敌,只能诱至野外歼灭,不能强攻,不能打炮,如果毁坏了永利铔厂,就毁灭了半个南京城”。

永利铔厂等于半个南京城,可见永利铔厂在领袖的心目中是何等分量啊!共产党和人民政府对永利铔厂给予了高度关怀和大力支持。

今天的南化人以永利铔传人为荣耀,以范旭东、侯德榜前辈为榜样,视他们为精神偶像,在卸甲甸旁传递薪火,谱写新的篇章。

南化职工永远怀念范旭东、侯德榜等前辈。

2003年10月24日,在范旭东先生诞辰120周年之际,一座精心铸造的10.24米高的范旭东铜像在南京市六合区市民广场揭幕,该广场被命名为“范旭东广场”。范旭东先生的长女——88岁的范果恒女士偕亲属前来参加了揭幕仪式。这座广场已经成为市民瞻仰先贤、锻炼身体的好去处。范旭东先生将永远活在南京人民的心里。

1990年8月7日,在侯德榜先生诞辰100周年之际,南化公司为侯德榜先生立了半身汉白玉雕像，永远纪念这位中国化学工业先驱和世界级化工专家。

展示范旭东、侯德榜等先贤生平业绩及薪火相传的“南化公司厂史陈列馆”于2003年建成开馆。陈列馆已成为江苏省爱国主义教育基地。这座庄重典雅的陈列馆宛若陈酿散发着醇香，犹如清风吹除尘埃使心灵得到净化。前来参观瞻仰的观众川流不息、络绎不绝。

地处首都北京的中国化工博物馆用了大量篇幅介绍范旭东和侯德榜先贤对中国化工事业的贡献和事迹，并安置了侯德榜先生的半身铜像以供瞻仰。

科学信条早已成为南化人的文化基因。永利铔传人不断攀登科学高峰，占领着一个又一个科技高地，为国民经济和人民生活做出了巨大贡献。在卸甲甸这片土地上，涌现了侯德榜、姜圣阶、赵仁恺、楼南泉等多名院士。

南化公司是我国气体净化、硫酸及催化剂研究中心，先后获得全国科学大会奖60余项、省级科技进步奖80余项、部级科技进步奖90余项。南化公司在钒催化剂、橡胶助剂、化肥、化工机械制造、精细化工等领域达到数十项中国化学工业之最。

在共和国的化工史册上有许多科技创新的案例让永利铔厂传人引以为荣，尤其是跨越40多年的历程，受到三位共和国总理的嘉奖表扬。

南化公司被誉为中国化学工业的摇篮，为国民经济和人民生活做出了重大贡献。从20世纪50年代开始，南化公司为27个省市区的70多家企业培养输送各类专业人才13000多人，为国家培养了侯德榜、李承干、冯伯华、靳崇智、姜圣阶、吴锡军等一批省部级和国家级领导，成为我国名副其实的人才摇篮。

南化公司在继承光荣传统的同时，不断开拓创新、与时俱进，调整产品结构，淘汰落后产能。循环经济、绿色发展、生态文明已经成为南化公司发展的主旋律。

范旭东、侯德榜等先贤思想深邃、人格高尚、业绩伟大、事迹感人，值得我们继续研究、不断弘扬。

化工国之柱。化工的使命是尽物之性、化育天下。一个国家要想成为世界强国，必须成为化工强国。中国化工人的使命光荣、任务艰巨、责任重大。我们不仅要改革开放、创新科技、精益管理，强化硬实力，而且要培育文化、塑造精神、锤炼作风，打造软实力。

范旭东、侯德榜等先贤立志报国、崇尚科学、勇攀高峰、淡泊名利、乐于奉献、不畏艰险、扎实工作的思想、精神、操守、信条、作风、学识是一座文化富矿，不仅滋养着积贫积弱的旧中国，而且将会穿越时空，照亮中华民族的未来，对实现伟大的中国梦具有重要的现实意义，值得我们挖掘、弘扬、光大！

开启存封的爱与被爱

——孙铭同志因工负伤后获得多方关爱

中国人民经过长期奋斗推翻了三座大山,在一穷二白的基础上建立了新中国。刚刚建立的新中国百废待兴、百业待举,人们建设新中国的热情空前高涨。在帝国主义严密封锁的情况下,为了打破核讹诈、核垄断,我国广大科研人员和企业职工艰苦奋斗、乐于奉献,以革命加拼命的精神深入沙漠戈壁、深山大沟,甚至与家人长期失联。这种付出和奉献超越了人类的极限。

然而生活的艰苦、物质的匮乏、任务的繁重并没有影响人们的友情、幸福与快乐。那时强大的思想政治能量、深厚的战友情谊、热情的组织关怀犹如一支支催化剂,激发着人们的潜能。许多老同志回顾那段激情岁月仍然豪情满怀、幸福愉快。这种宝贵的精神资源值得我们深入挖掘、发扬光大、永世传承。

建华通过阅读由孙铭同志的儿媳李玲捐献的30多封(件)纸张泛黄的孙铭同志负伤后获得来自组织、领导、同事的慰问信件、电报、大字报及手工卡片,了解到一段尘封已久的爱与被爱的故事。从字里行间可以读出那个特殊年代的物质生活贫乏、精神世界丰满、协作机制顺畅、科研人员努力、工人师傅拼搏,最令人感动的是不是亲人胜似亲人的纯朴深沉的爱，以及人们向往的团队归属感。读完这些信件我受到了一次精神洗礼，找到了一些长期萦绕于怀的疑惑的答案，也印证“爱出者爱返”“上下同欲者胜”的古话。

让我们穿越时空回到20世纪60年代。

美帝国议一直想把新生的社会主义中国扼杀在摇篮中，纠集了一批反动势力上演了反华大合唱，并不时对我国进行核威胁、核讹诈。虽然当时我国经济基础薄弱、技术条件较差、科研人才缺乏，但是以毛泽东为首的党中央高瞻远瞩、开拓创新，不怕鬼、不信邪，在大力发展经济的同时，果断地实施了“两弹一星”计划，并通过多种渠道和方式召回了钱学森、钱三强、钱伟长、邓稼先等一批海外专家。由这些专家牵头带领科研人员和企业职工深入偏僻的“三线”向“两弹一星”目标发起了冲锋。他们在条件艰苦、技术缺乏、设备落后的情况下同心同德、夜以继日、顽强拼搏，终于在20世纪六七十年代相继成功实现了“两弹一星”战略目标，使我国在较短的时间内步入有核国行列，化解了美帝反动势力的核威胁、核讹诈。

在这场史无前例的高科技攻关过程中，我国发挥了举国体制优势，汇聚了全国优秀的科研人员和工人师傅。他们发扬“一不怕苦，二不怕死”的革命精神，主动性、积极性、创造性得到了充分发挥，创造了一个又一个人间奇迹。

在国防科研队伍中，有化学工业部第六设计院的科研设计人员。他们根据上级的指示精神开赴地处青海高原的光明化工厂，他们的使命是在较短的时间内生产出一种叫“重水”的产品。

“重水”是由氘和氧组成的化合物。因其相对分子质量比普通水的稍高一些,所以叫作“重水”。“重水”主要作核反应堆减速剂之用,它可以降低中子的速率,使之符合裂变过程的需要,是研发生产核武器所需要的重要国防化工产品。

孙铭是化学工业部第六设计院的一位女工程师。身材娇小的她被组织委以“重水”项目设计代表的重任。她辞夫别子,一头扎进了光明化工厂,克服缺少资料、工具落后、生活艰苦的巨大困难,与工人同志同吃、同住、同劳动,一心扑在工作上,攻克了前进道路上的一个又一个堡垒。

1969 年 12 月的一天,她在巡查时发现一位同事中毒昏倒在管架上,管架下面就是滚烫的热水。面对突发危情,孙铭同志毫不犹豫地冲上去用娇小的身体挡住了同事,自己忍受着毒气的侵害。幸好他们被及时赶到的工人师傅救起,孙铭同志却中毒昏迷。不料,抢救她的工人师傅在背起她离开现场时摔倒,使昏迷中的孙铭同志双脚严重烫伤。

孙铭同志不得不离开工作岗位被送入西宁医院抢救,后转入兰州医院治疗。孙铭同志见义勇为因公负伤的消息不胫而走,惊动了化学工业部、军工局、化学工业部第六设计院、光明化工厂的广大干部职工。大家被她的精神所感动,为她的伤情而牵挂,纷纷以各种方式表达关切、爱心与情谊。

化学工业部第六设计院及时安排护理人员,以革命委员会的名义给设计组发去了不带标点符号的电报,其中有一段是这样写的:得悉孙铭不幸中毒受伤十分思念特此表示亲切慰问希望更好地学用著作战胜伤痛护理人员要给予精心护理使其早日恢复健康……

化学工业部第六设计院下属各设计室纷纷给孙铭同志寄去或带去慰问信。这些信件纸张各异，字迹有别，但都表达了敬意、关心和祝愿的共同心声。下面我们选取部分信件的部分内容一起分享。

一室全体同志在信中说："我们惊悉您在740现场因工负伤，向您表示衷心的慰问，您的以身作则的工作作风，您的不畏艰险、公而忘私的革命精神永远是我们学习的榜样。"

二室全体同志在信中说："得知您在试车中中毒、烫伤，这消息传来之后，同志们极为关切，可我们相距千里迢迢，不能探望，特请去西宁的同志捎去此信，以表大家对您的敬意和衷心慰问。祝你早日痊愈，重返战斗岗位。"

三室全体同志在信中说："当您住院的消息传来，对同志们震动很大，我们的心情感到十分沉痛，大家的心一个个飞向西宁、飞向兰州，飞到您的身边，都在怀念在西北的受伤战友，盼望早日痊愈，重返战场。希望您不要有丝毫牵挂，好好休养。我们将加倍努力工作，确保完成任务。"

四室全体同志饱含深情写了几张信纸，其中有这样一段文字："你为了祖国的社会主义建设，开赴西宁生产现场与工人师傅同吃同住同劳动，参加生产试车总结设计经验，您与工人师傅一起，不畏隆冬的寒冷，克服着重重困难，是我们学习的好榜样，是我们设计战线上学习的红尖兵。我们为你的这种革命精神感到自豪和骄傲。你的动人事迹和革命精神，将时刻鼓舞我们的干劲、鞭策我们的工作，我们四室全体同志向你学习、向你致敬，预祝你安心养伤，早日恢复健康。”

共青团光明化工厂工艺支部也寄去信件表达了深切的慰问。信中说:“为了我厂早日生产出合格产品,您披星戴月,历经了千辛万苦,为公而光荣负伤,这是大无畏精神的体现。您这种毫不利己,一心为公的高尚品质,是我们全体团员和青年学习的榜样。在此,我们全体团员青年向您致以革命的敬礼和深切的问候。”

工艺一组同志在信中是这样说的:“你为了使 740 早日试车成功,为祖国早日拿出合格产品而兢兢业业、勤勤恳恳,日夜奋斗在生产的最前线,当遇到危险时挺身上前,抢救战友身负重伤,你这种‘一不怕苦、二不怕死’的革命精神是您学习毛主席著作的结果,是用毛泽东思想武装头脑的结果,是我们学习的榜样。”

还有孙酣经、李发林、任洪宾、李进、梅宁远、郑若英、夏淑珍、裴贵卿等 30 多位同志以个人的名义给孙铭同志写信慰问。其中,孙酣经同志先后写了 3 封信,在信中既有深情关切、良好祝愿,又有工作情况介绍。有的同志在信中表示只要治疗需要,愿意奉献一切。其中,吴津周同志在信中是这样说的:“孙铭同志,你为我院广大知识分子树立了榜样,我们要向您学习。听说你的腿部烫伤,伤在你的腿上,疼在我们大家的心上。我不知你伤的程度,更不知是否到了需要植皮的程度,如需要的话,恳求将我的皮割下植给你,为了你能早日痊愈,早日重返战场,我愿尽自己的一切力量。我再一次恳求,如医生说需要植皮的话,你告诉他,我们这里有大量的皮在等待他,也希望你能排除一切顾虑,紧密配合医生治疗,早日痊愈,重返战场。”

这是多么感人的语言,这是多么深厚的战友之情!

孙铭同志住院后，她爱人萧成基因工作繁忙经常出差外地，组织上对她的儿子萧涵给予了周到关照。祖瑞光同志在信中说："孙铭同志你好！对您的健康，部里院里领导都很关心，陶涛局长亲自打电话给您找特效药，部里调度了药厂、新药门市部并和民航局等单位联系快速送达通道以满足治疗所需，对你的治疗大家非常关切。另外，儿子萧涵很好。我常到您家看他，还吃到了他包的馄饨，请您勿念。"

在这一摞信件中，有两份手工制作的慰问卡片格外引人注目。其中，有一张卡片出自第六设计院二室的裴生余和董杰之手。卡片的封面是毛主席像，下边用红色标准的仿宋体书写着："最高指示：我赞成这样的口号，叫作'一不怕苦，二不怕死'。"

封二是：献给"一不怕苦，二不怕死"，光荣负伤的孙铭同志。

封三是剪贴的英雄画像和一段文字：革命的路，就是一条艰苦的路。只有平时在苦字上过得硬，危险时才能冲得上。临危不惧献自身，壮丽青春为人民。

当我展开一张大红纸时，我的心灵再次受到震撼。那是一张以光明化工厂革命委员会和全体职工的名义用毛笔写给孙铭同志的慰问信，这种待遇不可谓不"豪华"。经过46年岁月的洗礼，红纸的颜色虽然有些陈旧，但当我们看到里面的文字时依然是那样温暖、那么感人。

亲爱的孙铭同志：

您遵照毛主席关于知识分子必须和工农群众相结合，才有所发明、有所创造的教导，走出设计院深入施工现场、吃在现场、住在现场、战斗在现场，发扬了"一不怕苦，二不怕死"的革命精神，为我厂试车投产做出了贡献。您的革命精神永远激励着我们,鼓舞着我们继续前进。我们向您表示崇高敬意和亲切问候。

还有一封十分珍贵值得珍藏的信。这封信来自时任化学工业部军工局局长陶涛同志之手。陶涛同志是我国国防化工事业的功臣和领导者。星火化工厂等一批三线企业的选址,陶涛同志是主要的决策者。陶涛同志后任化学工业部副部长,长期分管国防化工工作,一生与国防化工结缘并为之奋斗终生。同为女性又是好友的陶涛同志得知她的爱将孙铭同志因公再次负伤,十分心痛,多方为她的治疗寻医问药。1969 年 12 月 25 日,在孙铭同志住院期间她写了一封字迹娟秀、情深意长的长信。她在信中说:"自从您负伤后,我的心情一直是很沉重的,您在 651 日夜奋战,为了抢救大罐,从头到脚负了那么大的伤,这次又负了这么严重的伤。您那为了使 740 早日投产的坚忍不拔的战斗意志,使我非常非常的钦佩,是我要学习的好榜样。现在您因伤被迫离开了现场,我知道您是非常想这里的一切的。我们要求在年前把压缩机转起来。要想一切办法克服严寒的困难,迅速把车开起来,一俟有了好消息,我们就会告诉您的。你们几位同志中毒受伤我心中是很难过的。今后一定要严格安全检查,时时刻刻注意,不再发生类似的情况。希望安心养病,早日痊愈,更好地为党为人民的事业做出贡献。"

孙铭同志非常珍惜这份爱、这份情,虽经多次搬家,但这些信件都作为珍品保存,并且留给了下一代。这种爱和被爱将会收藏在中国化工博物馆流传千秋。

孙铭同志将自己的爱献给了祖国、献给了人民,当她为了抢救同事中毒负伤后,被组织和同事的爱所包围。当在病床上源源不断地接到和阅读这些信件时，她会激情奔流、心房温暖、潜能激发、抵抗力提高。这一封封温暖如春的信件胜过一支支特效药，因此，孙铭同志的身体康复得较快，不久就投入了工作。她和同志们不断努力，保质保量如期完成了“重水”产品生产任务，为我国核武器和核工业的发展做出了卓越贡献。孙铭同志后来相继担任化学工业部第六设计院总工程师、化学工业部副总工程师等。她忘我工作、透支生命，犹如一支蜡烛加速燃烧自己，把光和热献给了祖国和人民，在 54 岁时英年早逝。她的生命虽然短暂，但是她的精神和业绩历史会铭记、后人会怀念。

爱和被爱是人类永恒的主题。不仅艰难困苦的年代需要，而且在发展市场经济、进入文化管理的新时代仍然需要，我们都应当向孙铭同志学习，从这些尘封的信件中得到有益的启迪。

普查征集湖南化工藏品侧记

文物和藏品是支撑博物馆的坚实基础。中国化工博物馆将普查征集藏品列入重要日程。此前组织原化工部知名专家会同各行业协会历时 3 年编辑出版了《中国化工通史》。藏品部梳理技术上填补的国内空白;曾经荣获国家科技进步一等奖;装置、产品、规模位居国内外第一,为我国化学工业发展做出突出贡献的企业、项目及人物,成立几个工作组分片普查征集藏品。此项工作得到了化工系统企业的大力支持。现将我们在湖南省几家化工企业普查征集藏品的情况作一呈现。

精心准备,热情接待

我们这次前往湖南省,对原化工部长沙设计研究院、湖南化工研究院、巴陵石化公司、株洲橡胶研究院等进行藏品普查。我们事先向各有关单位发出了联系函,简介中国化工博物馆、告知交流的主要内容及行程。各单位进行了认真准备和热情接待。长沙设计研究院院长魏业秋亲自介绍情况,安排办公室主任曾瑾琦、技术部副主任宁晚云等同志全程配合,随时为我们提供所需资料。湖南化工研究院院长助理兼科技部主任余淑英和档案室陈小平、李丽晖提前为我们搜集整理了有关项目的历史照片和档案资料。巴陵石化橡胶事业部经理张红星亲自为我们安排普查行程,办公室主任罗崇彬、党委办公室徐亮亮、SIS 车间党支部书记童北珍等陪同我们参观了当年的 SBS(苯乙烯类热塑性弹性体)中试和生产装置。应我们的要求,他们同意将那套见证了中国锂系聚合物发展历史的 5 升小试聚合釜装置捐给中国化工博物馆。株洲橡胶研究院孙建华院长和院长助理兼办公室主任梁勇带领我们参观了研究院展厅和生产车间,让我们了解到我国气象气球 50 年的发展历史,更加清晰地知道现在的天气预报越来越准确、火箭发射窗口期越来越精准有我们化工人的贡献。

回顾历史,引以为荣

中国化学工业由弱到强、从小到大,凝聚了一代代化工人的智慧与汗水,倾注了化工人的青春和热血。他们的奉献值得历史铭记,他们的精神应当得到传承。

我们在长沙设计研究院采访了副总工程师冯跃华。这位受人尊敬的女设计大师讲述了她和同事们十年磨一剑、奋斗在人迹罕至的青海盐湖畔、勇闯生命禁区罗布泊研发硫酸钾成套技术,两次荣获国家科技进步一等奖的故事,令我们肃然起敬。巴陵石化橡胶事业部研究中心原党支部书记虢淑梅讲起他们如何将 SBS 小试成果转化成中试成果,如何将中试成果转化到大规模生产装置,进行了千百次的试验探索,千辛万苦已经化作了风轻云淡,成功的喜悦铸就了她的乐观与笑容。当年与杂交水稻专家袁隆平齐名的湖南化工研究院化工专家吴必显老人今年八十有二。当年他和同事艰苦攻关探索出适合我国国情的甲基异氰酸酯制备方法,使我国成为继美国、德国、日本之外能工业化生产甲基异氰酸酯的国家,填补了国内空白,打破了国外的垄断。由于他们独创的生产工艺具有生产过程环保、药效高、残留低的特点,该院至今仍为杜邦、拜耳等跨国公司农药原料提供商。吴必显先生身患疾病,行动不便,表达不畅。当我们提出希望采访这位化工功臣的请求后,余淑英助理立即联系到吴先生的夫人李淑玲,因考虑到吴老病情较重,只能在家里接受采访,但最好不要超过 10 分钟。我们怀着崇敬的心情来到了吴老家。吴老听说我们来自中国化工博物馆,一谈起当年研究攻关农药的话题异常兴奋,尽管表达不是太顺畅,但谈兴甚健,记忆清晰。李夫人从房间里抱出了一摞摞获奖证书和宣传报道吴老的报纸杂志,尤其是刘少奇的秘书李龙生赠送给吴老的诗词匾额更显珍贵。原定 10 分钟的采访,不觉谈了一个多小时,我们担心影响吴老休息,多次提出结束采访,吴老则一再挽留说:“我已经吃过药了,不碍事不碍事!”我们从吴老的采访中得到了许多宝贵史料及珍贵照片。每一位化工功臣的生命中都有许多动人的故事,值得我们去聆听、收集和传承。

古迹无存,略表遗憾

许多化工企业经历重组改制、技术进步和装置更新,加之不少企业文博意识淡漠,许多承载化工历史、具有珍藏价值的装置、仪器等物件被当作废品处理了,今天难觅踪影,只能留下遗憾。许多化工同人对建设化工博物馆给予充分肯定,希望我们加快对博物馆藏品普查的速度,因为每年甚至每个月都会有化工装置和厂房被拆除和处理。

寄托期待,砥砺前行

我们通过此次藏品普查,深切地感受到中国化工人对建设化工博物馆的鼓励和支持,将其化为加快建好化工博物馆的动力。

长沙设计研究院魏业秋院长热情邀请我们到青海盐湖和罗布泊他们当年奋斗过的地方寻找历史记录和研发试验的原始物件,再现创业者的风采。

巴陵石化橡胶事业部 SBS 车间支部书记童北珍说:“我们希望中国化工博物馆早日建成开馆,到时我会领着我的儿子去参观。当走到我们公司藏品前时我会介绍说,当年你老爸接待了博物馆征集藏品的同志,参与了藏品的征集工作,儿子自然会感到自豪。”

巴陵石化公司李大为总经理拨冗接待了我们。李总对筹建中国化工博物馆(二期)给予了充分肯定,指示相关部门积极配合藏品普查征集工作,让我们将中国化工事业的贡献与成果载入史册。

征集马牙碱藏品的花絮

让我们先来认识一下什么是马牙碱。

马牙碱是天然碱矿石的一种俗称，多产于天然碱湖。天然碱湖分为四层：第一层为碱面，第二层为片碱，第三层为马牙碱，第四层为硝碱。马牙碱的主要成分为倍半碳酸钠，多呈青白色，因结晶断面形似马牙而得名。马牙碱的生长期较长，需要二三十年才能形成。马牙碱的主要产地是我国内蒙古天然碱湖。以前碱湖周边村民用它来洗衣、发馒头和喂羊。马牙碱含有杂质，纯度达不到工业用碱要求，可作为工业用碱的原料。

20 世纪初，范旭东和侯德榜两位先贤在天津渤海湾创办了永利碱厂，“红三角”牌纯碱曾经在美国费城举办的万国博览会上荣获金奖，为中国人争得了荣誉。永利碱厂使用的原料是渤海湾的海盐。

碱是一种重要的基础化工原料，广泛应用于工业部门。新中国成立初期，百废待举、百业待兴，政府在内蒙古靠近天然碱湖和石灰石矿的拉僧庙附近建了我国第一个以天然碱为原料的碱厂（即乌海化工厂，现为内蒙古乌海化工股份有限公司）生产烧碱。工人们从碱湖采集碱面、片碱和马牙碱，放置在大铁锅里，加水、生火熬制、分步提纯,再加入从拉僧庙山上采来的石灰石,通过化学反应生产出高纯度烧碱,即氢氧化钠产品。乌海化工厂的建成投产,结束了我国过去只能加工天然锭子碱的历史,走向了真正意义上的工业化生产。乌海化工厂发挥当地天然碱和石灰石原料的优势,积极组织科技攻关,开发了碱系列产品,为祖国的化学工业做出了重要贡献。

中国化工博物馆根据《中国化工通史(行业卷)》提供的线索,开展了在中国化工历史上曾经创造第一、首创、填补国内外空白的工艺技术、生产装置、化工产品的藏品普查与征集工作。

为了收藏乌海化工人首开以天然碱原料制碱这一段历史,缅怀乌海化工老一辈的艰苦创业史,我和同事李辉军经过多方努力,与乌海化工厂有关部门取得了联系,并从北京坐飞机转出租车赶到该公司普查征集藏品与历史资料,重点是征集马牙碱、石灰石原料和生产装置上的原始物件。

2016 年 9 月 27 日晚,我们从乌海机场坐出租车赶往拉僧庙,住宿在拉僧庙下的村级宾馆。9 月 28 日早,在乌海化工厂当年采来石灰石原料的拉僧庙山上找到了石灰石藏品,我们喜出望外。

9 月 28 日,我们来到乌海化工公司。我们的普查征集工作得到了该公司领导和有关部门的大力支持,听取了乌海化工创业历史介绍,参观了当年熬制烧碱的厂棚现场,拍摄了大量照片。乌海化工公司应我们的请求捐赠了一个熬制烧碱的大锅锅盖和自制大扳手。在征集马牙碱原料样品时遇到了困难,他们尽了很大努力都无法找到,使我们略感遗憾。

最后,介绍一个征集马牙碱藏品的故事。

随着人们对中国文化自信的提升和文博意识的增强，中国化工博物馆的藏品普查征集工作越来越得到社会各界的帮助与支持。我们在内蒙古7家企业的藏品普查征集工作不仅得到了中国化工企业管理协会、《中国化工报》社、内蒙古石油和化学工业协会等单位领导的帮助，而且得到了内蒙古自治区邮政管理局局长钟奇志的鼎力相助。鄂尔多斯和包头邮政管理局领导都为我们在该区域内的藏品普查征集工作提供了帮助。此次乌海之行得到乌海市邮政管理局局长任海龙的大力支持。为了方便我们在乌海及周边企业的普查征集工作，任局长将自己的私家车借给我们使用了3天，并安排熟悉当地情况的90后小伙子史拴成担任司机兼向导。拴成性格开朗、头脑灵活、热心公益，很快成了我们藏品普查征集团队的一员。

在我们征集马牙碱遇到困难时，拴成主动请缨帮助寻找。原来他曾住在巴音淖尔碱湖畔，他的父亲曾将从碱湖采集来的马牙碱堆在院子里，供家里的羊群食用，羊食用马牙碱有助于消化。

据拴成介绍，后来因为马牙碱在市场上可以卖到好价钱，前往碱湖挖掘采集的人蜂拥而至。由于过度采集，马牙碱资源遭到毁灭性破坏，因马牙碱的生长周期漫长，现在的碱湖很难见到马牙碱的踪影，村民家里也很难找到。前几年有一个朋友服用中药，医生说需要马牙碱做药引子，找了很长时间，寻访了很多村民都没有找到。拴成说："'马牙碱'能被北京的中国化工博物馆收藏展示，是我们内蒙古人的光荣，我一定想办法帮助你们找到'马牙碱'藏品！"

9月28日下午，拴成用手机打了几个小时电话，找了几十个朋友寻找马牙碱。他最后从一位朋友处得知，有一位姓曹的叔叔家里可能有马牙碱。听到消息后，他顾不得吃晚饭，立即驱车 100 多公里前往巴音淖尔湖畔的村庄找曹叔叔要马牙碱。

拴成到了曹叔叔家后，向他介绍了中国化工博物馆要收集马牙碱藏品，今后要放在首都北京展出，这是一件非常有意义的事，希望得到他的支持。曹叔叔是一位聪明智慧且热心公益的农民。20 世纪 80 年代初期，他从碱湖里采集了不少马牙碱以备家用。为了防止马牙碱被自然风化，他将马牙碱掩埋在院子里的沙堆里。俗话说："物以稀为贵。"当年碱湖里到处能采到马牙碱的时候，大伙并不把它当一回事，而当现在碱湖里找不见的时候，这东西就变得珍贵了。前些年，有些亲戚朋友前来讨要马牙碱时，曹叔叔陆续送出了不少，现在沙堆里也所剩不多，一般人再来向他讨要时都婉拒了。

曹叔叔听完拴成的介绍，对能把巴音淖尔碱湖的马牙碱放到北京的中国化工博物馆展览非常高兴，爽快地答应了拴成的请求，并到院里的沙堆里掏出了一块手掌大小的最具马牙形状的马牙碱送给了他。

拴成得到马牙碱后兴奋不已，立即用手机拍下照片发给了我们。我们为此次乌海之行没有留下遗憾而感到高兴，为拴成的热情帮助鼓掌点赞。

拴成对这块珍贵的马牙碱进行了除尘处理，并仔细进行了防震包装，装在一个精致的包装盒里交给了我们。我们圆满完成了乌海化工的藏品普查征集任务。

我们真诚感谢为中国化工博物馆提供帮助的人，特别要对钟奇志局长、任海龙局长、热心的小伙子史拴成和乐于奉献的曹叔叔表示敬意！

征集广州化肥藏品背后的故事

化学工业部于 1956 年成立,当时的主要任务是发展化肥工业,为农业增产粮食,解决人民吃饱肚子的问题。化学工业部成立初期,将 50%左右的人力、物力、财力等资源用于发展化肥工业,因此,当时人们戏称化学工业部为“化肥部”。民以食为天,化肥工业无疑像古代神话传说中的女娲一样,发挥了“补天”的作用。

令人遗憾的是,当历史的车轮驶入 21 世纪之时,一些不知饥饿是啥滋味的人却对化肥大泼脏水,甚至将它妖魔化,使化肥工业含垢蒙尘。作为理性的社会、理性的人们,我们应当正视化肥,还化肥以客观、本来面目,尤其是要缅怀为发展中国化肥工业做出贡献的科研人员、企业职工的丰功伟绩。

中国化工博物馆承担着教育、展示、收藏、研究中国化工的责任。中国化工博物馆全体同人几年来奔波在大江南北、长城内外,抢救性地走访遗迹、征集藏品、访谈人员。这项功在当代、利在千秋的事业得到多方有识之士的积极支持、鼎力相助,留下了许多动人的故事。

建华从《中国化工通史》《当代的中国化学工业》等史料中了解

到，广州是一座为中国化肥工业做出突出贡献的城市，分别在民国时期、20 世纪 50 年代和 20 世纪 70 年代创建领风气之先的化肥企业。广州化肥工业的历史值得珍藏，功臣值得缅怀。

为了做好广州化肥藏品的征集工作，建华除了事先查阅资料进行认真研究之外，还通过多种渠道联系了广东省和广州市化工行业协会，发出了联系函件，同时恳请广州化工企业朋友对藏品征集工作提供帮助。在做好了相关功课后，建华于 2018 年 1 月 20 日至 24 日在广州开启了征集化肥藏品的旅程，几天里发生了一些值得回忆的故事，现与读者分享。

从派出所找到的线索

由于广州市的化肥企业年代久远，有的早已关闭停产，要寻找这些化肥企业的踪迹确实存在较大的困难。加之广东省和广州市化工行业协会人员调整频繁，几经联系，负责接待的同志也难以找到相关资料甚至不了解这些化肥企业的前世今生。

创建于 20 世纪五六十年代的广州氮肥厂是当时广州市的一家知名企业，时任中共中央中南局第一书记陶铸同志的夫人、时任广州市委书记的曾志女士先后担任该厂筹备处副主任和主任。这家企业按照局级单位管理，并且高配了一些级别较高的干部。曾志同志尽管工作十分繁忙，却投入较多时间和精力为广州氮肥厂的筹建工作顶层设计，解决难题，举全市之力加速推进该厂的建设。曾志同志忠于事业、多谋善断、作风泼辣的故事在广州氮肥厂广为流传，可见当时党和政府对化肥企业是何等重视！

广州氮肥厂为广东省农业发展和科技进步做出了重大贡献。

该厂在市场经济浪潮的冲击下，十多年前因科技落后、亏损严重，加之环保难以达标等原因被迫停产关闭，6000 多名职工全部买断工龄，在昔日的厂址上建起了高楼林立的商品房。

应建华恳请，广州合成材料研究院党委副书记于伦先生为了寻找广州氮肥厂的踪迹，利用业余时间多方打听，最后走进天河区派出所询问，才从一位由广州氮肥厂保卫干事转为公安民警的同志那里打听到了该厂留守处的下落。

我们在一幢旧楼的二层找到了 4 位留守人员，他们是蔡熙华主任、黄灿添副主任、财务处长谢汝根、办公室秘书谢岳进。

留守处的同志对中国化工博物馆开展征集化工藏品、史料的工作十分感激。用他们的话来说，总算还有人记得他们。他们对我们的征集工作由衷地支持。这些同志大都年过花甲，一辈子效忠于广州氮肥厂，见证了该厂的兴旺与关停，将美好的青春年华奉献给了中国的化肥工业。

蔡熙华主任、黄灿添副主任根据我们的征集目录，打开柜子、拉开抽屉帮助寻找、热情支持，为我们捐赠了《建厂三十周年纪念特刊》《广州氮肥厂企业管理标准汇编》《广州氮肥厂组织史资料》等一批史料。谢岳进秘书从档案柜里找出了广州氮肥厂 60 年前的档案资料，在泛黄的筹备处干部花名册中找到了广州市委书记曾志兼任筹备处主任的名册。建华用手机拍下了这份珍贵史料。

财务处长谢汝根说："我从 18 岁参加工作就在广州氮肥厂财务处工作，直到退休都没有换过岗位，对广氮感情深厚。现在终于有中国化工博物馆来征集我们的藏品、史料，可以铭记历史、永存记忆、教育后人。"算盘，对于老财务处长谢汝根来说无疑是心爱之物，在没有使用计算器之前，加减乘除四则运算全靠它来完成。算盘打得好坏是衡量一个会计的重要指标。留守处办公室几经调整，那把算盘始终跟随着谢汝根处长。当建华提出希望征集这个算盘的想法后，谢处长答应爽快，并找来抹布擦去了算盘上的灰尘，高兴地送给了我。这个算盘的使用价值可能不太大，但这是一位老财务处长的心爱之物。建华抱着十分感激之情接受了这一珍贵的捐赠。谢汝根处长还在柜子里找出了一摞珍藏多年的黑白照片捐赠给我们，希望通过这些照片呈现广州氮肥厂的历史记忆。

广州氮肥厂，这个曾经创造辉煌的企业，虽然完成了它的历史使命，厂址已经不复存在，喧闹归于平静，但捐赠给中国化工博物馆的藏品与史料将会留存它的历史烙印，随着研究工作的深入，将会有更多的动人故事流传后世。人们不会忘记广州氮肥厂，历史会铭记！

通过总部联系到知情人

为了加快化肥工业发展，满足我国农业生产急需。20 世纪 70 年代，我国加大对外开放步伐，从美国、法国、荷兰、日本等发达国家引进了 13 套大化肥装置。其生产能力大约是年产 30 万吨合成氨，生产 52 万吨尿素。其中，有一套落户广州，该装置于 1974 年从法国引进。

集中引进 13 套大化肥装置，无疑是我国化肥发展史上的重大事件，自然也是中国化工博物馆关注的重点项目。

广州这套大化肥装置的命运如何，能否征集到相关藏品和史料，是建华此次广州之行的重要任务之一。

无奈时过境迁,又受制于信息孤岛,通过几条线索都未能找到这套装置的下落。

建华原准备去广东省档案馆查询,出发之前,通过电话从一位业内人士处了解到广州引进的这套大化肥装置十多年前就停产关闭了,这家化肥厂可能隶属于中国石化集团公司广州石化总厂(现为中国石油化工股份有限公司广州分公司)。听到这个消息后,建华决定调整行程,不去档案馆,直奔位于黄埔区的广州石化。司机师傅说:“这个厂很大、管理很严,如果不事先联系接待人,恐怕连门都进不去。”这一提醒使建华茅塞顿开。我立即想到从中国石化集团总部找人联系更顺理成章。我们一边向黄埔区广州石化进发,一边联系中国石化集团公司董事会秘书局强明副处长,请他帮助联系广州石化相关同志,协助我们开展征集工作。没有想到,强明运作高效,通过中国石油化工出版社高级编辑孙明及时协调,在我们还未到达广州石化之前就联系到了该厂党群工作部副主任王新忠同志,为建华进厂提供帮助。

王新忠主任和曾淑华女士把我们迎进办公室,热情接待了我们。从交谈中了解到,王主任曾在化肥厂工作过,做过调度、秘书、修志、党群工作等多个岗位,对化肥厂的前世今生非常熟悉。按照曾淑华女士的话说,你们了解化肥厂的情况算是找对人了。王主任不仅是亲历者,而且是厂里的大笔杆子,是一个有心人,积累了许多资料。

王主任侃侃而谈,给我们讲述了化肥厂从 1973 年创建、发展到 2000 年停产、转产近 30 年的风雨历程。据王主任介绍,化肥厂为广东农业发展做出了重要贡献,是广东省的重要骨干企业。该厂的转产非常成功,几千名职工都得到了较好安置,平稳分流到广州石化的炼油和其他岗位。

王主任对我们的征集工作热情支持,认为这是为行业做了一件好事。他从柜子里找出了《广州石油化工总厂志(1974—1987)》《广州石化志(第三卷)》《广州石化志(第四卷)》《广州石化志(第五卷)》,捐赠给中国化工博物馆,并且将按照我们的征集目录尽快尽量收集其他藏品和史料。

我们在交流中还了解到,王主任不仅是广州石化重要文件和领导讲话等公文和应用文的主要撰稿人,而且是中国石化作家协会会员、广州市灯谜协会会长,由他创作的 20 多则灯谜荣获全国灯谜创作赛奖项,并有多本专著出版。当王主任得知建华是中国作家协会会员、文化部高级书法家后,我们的共同话题更多,交谈甚欢。中午,他盛情款待了我们,大有相见恨晚之感。我们很快成为文友,将协力共襄铭记中国化肥工业历史的大业。

偶遇老乡获帮助

中国是一个农业大国,而化肥工业却很落后。在新中国成立前,中国的化肥市场基本被英国等西方国家垄断。

我们从史料上了解到,在 20 世纪 30 年代,勇立潮头的广州人建立了广东省营肥田料厂,我国著名的教育家、化学家、广东大学教授陈宗南先生曾担任该厂筹备处主任和厂长。该厂后来被日本侵略者炸毁。广东省营肥田料厂无疑是黑暗中的一束光亮,中国化工博物馆将其列入研究、了解和征集的重点。

建华此次广州之行,千方百计想找到广东省营肥田料厂的线索、遗址和遗物,但由于年代过于久远,不仅广州市化工行业协会的同志不了解这条线,而且连年过八旬的原广州氮肥厂厂长也对其毫无印象。

而对这条线索,建华不轻言放弃。最后的希望是从档案馆找到相关史料线索。于是,建华决定探访广东省档案馆。由于当时没有查询档案计划,因此没有开具查档介绍信,而按照规定查阅档案需要出具介绍信。

建华决定撞撞运气,凭着中国作家协会会员证一试。在广东省档案馆接待大厅,一位美丽的姑娘接待了我。我向她解释了此行目的和没有开具介绍信的原因。她看我一脸真诚,便作了相应变通,递给我一份《广东省档案馆查阅登记表》。我交上填写的表格后,见姑娘面露微笑。我问:"姑娘为何而笑?"姑娘说:"你老家是江西九江的?"我说:"是的。"我问:"姑娘也是江西人吗?"她说是的,是江西省九江市都昌县的。他乡遇老乡,自然亲切。

"我原在地处江西永修的化工部星火化工厂工作,后调到北京的中国化工集团公司工作,现在中国化工博物馆做有关化肥、农药、煤化工的研究与藏品征集工作。这次专程来收集广东省化肥工业历史,要在档案馆查阅民国时期广东省营肥田料厂的情况,希望得到老乡的帮助。"姑娘说:"应该的。"姑娘领着我到查阅大厅。查阅厅里一位小李姑娘看了我的查阅登记表后,积极帮助我打开电脑,教给我查阅方法。当录入"广东省营肥田料厂"关键词后,电脑显示没有此信息,输入"陈宗南"的名字后,显示了不少信息。建华从中选取了8条与广东省营肥田料厂有关的信息,进行了暂存、提取阅读、复印、提交。

档案查阅结束后，建华希望带走复印件。小李姑娘说："复印材料需要提交领导审批，审批完成后才能取得复印件。"建华问："领导审批大概需要多长时间？"小李说："一般情况下需要四至五个工作日。"这下问题大了，我不便为复印件再在广州等四五天，如何是好呢？我想到请老乡帮忙。

我找到老乡说明了情况，请她提供帮助，复印件出来后，请她按名片上的地址发快递到北京，费用到付。我和姑娘互加了微信，姑娘姓冯，名丹。冯丹说："没有问题，乐意为老乡帮忙，会与小李姑娘当面对接。"于是，所花时间不长，此事顺利办妥，总算运气较好。

俗话说："好事多磨。"建华回京后，在与冯丹联系中了解到，该馆网络系统出现故障，经过技术部门抢修故障得以排除，但小李姑娘检索不到我提交的内容，卡号登记不了。建华问冯丹，该如何是好。冯丹说："只能重新查找再提交复印，如果信任我的话，我可以帮您查。"我十分感谢，告诉她需要查询的"关键词"和主要内容。冯丹帮我查到，并提交了有关广东省营肥田料的8条信息。因定好了回老家过年的时间，她便委托同事待复印件出来后给我发快递。春节上班后，我便收到了从广州市发来的快递，里面有8份广东省营肥田料厂筹建、生产、经营等方面的史料复印件，还有陈宗南先生用毛笔书写的行书手稿。这些珍贵的史料也许只是广东省营肥田料厂的冰山一角，却打开了研究我国化肥工业历史的一扇窗。

此次广州之行发生了一些故事，收获了许多感动。广州合成材料研究院为建华在广州工作期间提供了交通便利，该院党委副书记于伦对建华的工作提供了周到帮助，该院办公室李琪女士协助建华访谈人员、整理资料。广州天赐高新材料股份有限公司副总经理张利萍女士不辞辛劳，为建华多方联系相关人员。大家的帮助令建华十分感动和温暖。

建华不禁感悟，虽然时下商潮涌动，甚至不少人利己精致，但人世间的真善美永远存于心底，犹如一粒粒种子随时能开花结果、温暖你我，因为中国化工博物馆是弘扬真善美、传递正能量、利国利民的千秋伟业！

人间亲情篇

亲情，无疑是人类最温暖的词汇，也是人类最柔软、最敏感的神经。慎终追远，是我们千年流传的文化；隔代更亲，是我们长期形成的传统；回家过年,是春节前夕即使一票难求也要千方百计回家过年的“中国现象”。

人间亲情篇收入了建华追忆先祖、隔代亲情，以及回家过年的十多篇文章，相信会温暖读者朋友，使之共鸣。

相濡以沫　人间真情

"相濡以沫"这句成语出自《庄子·大宗师》，意思是水干涸了，鱼吐沫互相润湿，比喻一同在困难的处境里用微薄的力量互相帮助。回江西永修老家探望病中的母亲，我目睹并感受了耄耋之年父母之间的相互依存、相互鼓励、相互赞赏，进一步加深了对这一成语的理解，从中读出了世间大爱、人间真情。

父母养育了我们5个姊妹，在那个天灾人祸频繁的年代，家庭的苦涩故事几天都难以讲完。父亲从小丧父，经历了许多磨难，睿智的祖母在困境中坚持让父亲读书上学，为他后来参加革命工作赢得了先机。父亲是一个知恩图报、忠人之事的人，走上领导岗位后廉洁奉公、勤奋敬业，被称为百分之百的"布尔什维克"。父亲长期在外地工作，家庭的重担主要落在了母亲肩上。

为了家庭生计，母亲在哺育我们同时，还要参加工作，主要是体力劳动，尤其20世纪70年代在虬津粮站工作时装谷扛包，加班加点，不仅体力劳动繁重，而且灰尘污染，环境恶劣，对身体带来不小损害。

父亲的工作岗位多次变动，夫唱妇随。母亲总会把新家安排得井然有序，养鸡种菜，勤劳节俭。这些美德得以在我们姊妹中传承。

父亲从领导岗位退休后，想方设法弥补对母亲的亏欠。尤其是近年来，母亲的腿脚出现病痛后，父亲一方面带着母亲去多地寻医问药，精心护理；另一方面以微弱的视力承担更多的做饭、洗衣等家务，对母亲的关怀无微不至。

2015 年以来，母亲出现食欲下降、身体消瘦的现象，11 月开始伴有呕吐症状。这下急坏了父亲，他寝食难安。父亲安排叶敏、建岗弟弟陪同母亲到永修县和江西省医院进行检查，结果发现母亲的胰腺出了问题。得知检验结果后，父亲当着母亲的面要强装笑颜、风轻云淡，背后却常常以泪洗面。

我得到母亲病重的消息后，抓紧安排手头工作，在 2015 年 11 月的最后一个周五下班后，星夜乘直快火车赶回永修老家看望母亲。

母亲得知大儿子从北京回来看她，精神好了不少。周六一大早就起床迎接我的归来。母亲见到我说自己没有病，要我陪她到公园散步。

母亲在与我聊天时饱含深情地说："你爸对我不晓得有多好，他年纪比我大，还精心照顾我。尤其是我这次生病把他吓坏了、累坏了。"父亲拍着母亲的后背说："你是我们叶家的太婆，生了几个好子女，这辈子吃了不少苦，你现在生病了，我照顾你是应该的。"两位耄耋老人的一番对话，凝聚了一生的情、一生的爱，令我们在座的子女感动万分。

母亲生病以来，父亲精心护理，想法做可口的食物给母亲吃；晚上不时起来帮母亲盖被子，问寒暖；有时母亲闹肚子弄脏了裤子，父亲不忍惊动子女，自己为母亲洗身换衣。父亲是一个宁愿辛苦自己不愿麻烦他人，再苦再累自己扛，淡泊名利、乐观生活的人。

建岗弟在送我到昌北机场的路上对我说："老爸老妈一辈子同舟共济、相濡以沫，值得我们学习。我以前在外地工作时间多，今后对媳妇小英要更好一些，对老人尽孝不能等，对老婆好也不能等。"我也感同身受地说："对，我们要向老爸学习，多为家人尽心出力，多享天伦之乐。以前我们都做得不够，今后要好好弥补。"

夫妻牵手，一世缘分。相濡以沫，人间真情。

仁慈善良的祖母

人人都有向往高尚、追求高尚、变得高尚的愿望。

光阴荏苒,岁月如梭。我们的记忆中许多内容会被新的内容覆盖,然而有些高尚的内容犹如泰山之巅,会永远耸立在记忆之中,与生命同在,与日月长存。

谈到为人处世,我们经常会谈到祖母董正秀,因为祖母是我们心目中的道德高峰、为人楷模。

以前,我们仅通过有限的耳濡目染对祖母的了解是肤浅的,近几年通过父亲撰写的《家世与简历》和祥源、珍宝叔叔的讲述,进一步加深了对祖母的了解。祖母是中国传统美德的传承者、践行者、弘扬者。祖母的健康基因流淌在我们晚辈的血液之中,成为我们仁爱善良、乐观向上、战胜困难、成就事业的精神源泉,也是我们叶氏经风历雨而枝繁叶茂、扎于沃土的深根。

一滴水可以折射太阳的光芒。祖母的一些平凡小事折射出我们向往的美德与高尚。

睿智的决策成就后人

祖父叶家和是一位广受乡民尊敬的人,在日本侵略者侵占永修虬津之时被乡民推举主持当地事务,为抗日救国和保境安民做出了突出贡献。天有不测风云,祖父在那个缺医少药的年代英年早逝。祖父不幸逝世,家庭大厦的栋梁坍塌了,祖母以柔弱的肩膀挑起苦难与希望。

在那个国破民穷、民不聊生的年代,一个年轻女性带着两个幼子,那种生存的艰辛是可想而知的。当初也有不少好心人劝祖母改嫁择偶,另辟新境,但都被祖母谢绝。她表示无论遇到什么困难,一定要尽力将两个儿子抚养成人,为家和一脉保留血脉,传宗接代。

后来,祖母遇到了积极抗日、不愿内战的高安籍胡姓继祖父。继祖父同意为叶裕银太公后嗣并改名为叶家信后,与祖母组建家庭,共担责任、风雨同舟。

祖母深明大义、目光远大,在当时教育资源极度匮乏、温饱不保的条件下,教育两个儿子要读书学习,增长本领,将来要成为有用之才。为了交纳儿子的学费,她不惜倾其所有。父亲即使在逃难途中,只要有机会就坚持上学读书。父亲断断续续读完了小学六年,在当时可算是小知识分子。在抗日战争和解放战争取得胜利后,新中国建设急需人才之时,父亲因有文化而赢得了先机,得以被选拔到乡政府当文书,从此走上了社会主义建设的道路,先后担任公社党委书记、工商行政管理局局长、外贸公司经理等职务,得以为党的事业贡献一分力量。

20 世纪 80 年代,我们刚成家时,上有老人,下有孩子,生活遇到较大困难,一度靠借米借油度日。祖母在尽力资助的同时,经常鼓励我们“没有过不去的坎,日子会一天一天好起来的”,为我们战胜困难增添信心和力量。

我们叶家一脉得以存续繁衍,父亲之所以从农村走向城市获得良好的发展机遇,是因为祖母的睿智决策,祖母在危急关头、困难时期奠定了我们家的发展根基。饮水思源,祖母之恩永世不忘。

博爱的情怀传递美德

祖母生于 1911 年,一双小脚、慈眉善目、轻声细语。她犹如一缕春风,无论走到哪里,身边的人如沐春风感受温暖。左邻右舍,谁家有困难,祖母都会施以援手,有了好吃的也总是要与别人分享。在经济贫困的年代,祖母在走亲戚时带回几根油条,自己舍不得吃,都与邻居张家奶奶、李家婆婆们一起分享。

祖母居住的周边都是农田。人民公社时期稻田都栽种两季水稻,每逢“双抢”是我们老家最炎热的季节。那时烧柴非常困难,主要靠年迈的继祖父上山砍柴。尽管如此,祖母每天都要烧几锅开水,泡上自家房前屋后采制的茶叶,用大桶装上放在大树底下,然后到田坂里招呼周边生产队的社员到家里休息喝茶。虽是一碗再平常不过的粗茶凉水,但对于割谷插秧大汗涔涔的社员来说却比蜜还甜。“双抢”季节为周边社员烧茶送水,祖母坚持了十多年。

爱出者爱返,善往者善来。祖母的良好口碑不胫而走,传遍了十里八乡。祖母虽是一位平凡的女性,但她去世送葬时十里八乡的村民闻讯而至,送葬队伍长达几百米,哭泣之声惊天憾地。这就是民心所归、民意所在、真情所至。

如水的品德筑就高尚

老子在世间万物中最崇尚的是水,故有“上善若水”之说。祖母如水,她的一生体现了水的品性。

我们家离祖母住地有十多公里,每逢年节都要去看望祖母。祖母和继祖父平时生活极为节俭,而招待客人却极为慷慨,大有陶母“剪发待宾”的风范。祖母每次都要为曾孙子叶晨准备小鞋、小袜,还要包上两块钱。不容我们推辞,她会说:“我曾孙子今后动脚就会有钱的。”祖母对后人寄托了无限希望。起初我们没有在意,后来找出袜子给叶晨穿时,发现过年过节的每双袜子里还另外装了两块钱。祖母的生活并不宽裕,却总是想着给予别人,对我们是这样,对其他亲友也是如此。我们对祖母的敬意油然而生。

1984 年叶晨在永修县城祖父家出生。长曾孙的出生令祖母非常高兴。那时她已 73 岁高龄,视力较弱,却特意来到县城护理金凤和叶晨。月子里她每天为叶晨洗尿布,唱着家乡“啊啊唉,唉唉啊,我崽是个赢牛婆”的催眠曲,哄着叶晨睡觉。祖母宛若春风雨露,滋润着小苗茁壮成长。

祖母是一个极为低调、容易满足、乐观向上、从不埋怨的人。赞美别人成为她的生活习惯。她与 3 个儿媳相处几十年,从未红过脸。其实,我们晚辈做得很不够,但在她的眼中个个都是孝子贤孙。

她老人家在临终前,备受胃疼煎熬,为了不打扰年轻人休息,总是强忍疼痛,不出声音。事后才发现,床沿的木板被老人家的手指抠出了一个深深的沟槽，可想而知老人是以何等的毅力在与病痛抗争、在为后人营造宁静。

令我非常内疚的是未能为祖母送终。那时正值化工部星火化工厂安排我参加化工部石家庄管理干部学院为期两个月的脱产培训班。临行前我与重病中的祖母告别，对是否出远门培训有些犹豫。祖母却说："崽，学习机会难得，祝你今后步步高升，我会慢慢好起来的，你放心去学习。"可谁知病魔无情，没有等到我培训结业，1987 年 5 月 13 日，祖母依依不舍地离开了我们。后来听父亲说，祖母临终前还呼喊着"建华！建华！"，令我无比心痛。

祖母虽然离开了我们，但她永远活在我们晚辈后代心里，她的仁慈、善良、美德将会不断传承光大。

践行传统文化的楷模

——追忆我们的外公外婆

在我们的生命历程中，每个人不仅有生命中的贵人，而且有生命中的恩人。我的外公外婆无疑是我生命中的恩人。

外公陈廷福生于 1913 年，外婆叶家菊生于 1910 年，他们有 4 个女儿，没有儿子。对于崇尚传宗接代、光宗耀祖文化的外公外婆来说，为了陈家后继有人，在我父母结婚时就有言在先，第一个儿子要给外公外婆做孙子，随外公姓陈并一起生活。建华有幸成为父母的第一个儿子，担起了这一重任，在一岁零两个月时即离开父母跟随外公外婆一起生活，由城镇户口转为农村户口，由商品粮转为农村粮。从此，我与外公外婆在农村相依为命，体会人间百味，点亮梦想与希望。

外公外婆视我为掌上明珠，将所有的爱都倾注在了我身上，也使我有机会经历了艰苦生活，体验了人情冷暖，磨炼了坚强意志。外公外婆留给我的物质财富虽然贫乏，但精神资源却极为丰富，成为我生命的健康基因。

外公外婆犹如一座高山，山中到处都是珍宝，当我进入宝山时却不知从何下手。尽管我写了不少诗，出版过《近悦远来》诗集，正像我在《近悦远来》诗集《写在前面的话》中所说:“还有许多感动建华的人和事没有凝成诗文,留下了今后创作的空间。比如给予建华生命呵护和心灵滋养的外公陈廷福、外婆叶家菊,他们对建华恩深似海。细心的读者可能会发现,建华出版的四本‘贤文系列’专著的后记中都有这样一段话:‘首先,要感谢已经作古的外公陈廷福和外婆叶家菊,是他们在我幼小的心田里播下了中国传统文化的种子,才得以在今天开花结果。’外公外婆在建华的心中至高至伟,由于缺乏遣词自信,不知如何下笔,迟迟不敢下笔。”

正值《根深叶茂》编辑出版之际,我想外公外婆的精神资源无疑是我们家族基因的源头和大树深根的重要组成部分,因此特以“践行传统文化的楷模——追忆我们的外公外婆”为题撷取几个小故事,以作缅怀。

弘扬传统的楷模

外公的父亲名叫陈佐东,母亲邹腊秀。外公是双胞胎之一,同胞兄弟小时夭折。外公有一个姐姐名叫陈廷桂。陈佐东太外公,尤其邹腊秀太外婆精明能干、善于持家、经营有方、家道富裕,且注重子女教育。外公读了 10 多年私塾,在当地可算得上是知识分子。外公一表人才,熟读儒家经史子集及历史演义,满腹经纶,出口成章。

当时永修地区文化繁荣、交流活跃,一批文人雅士常常雅集高谈,《增广贤文》成为他们的口头禅,在当地流行“读了幼学知天下,学了贤文会说话”“除了贤文不说话”之说。贤文常常在外公口中听到,并且十分贴切应景。建华对贤文的钟情,始于外公对我的从小熏陶。

外公的毛笔楷书写得很好，像字帖一般。我们老家有贴春联的传统，每逢春节，村子里的许多人拿着红纸请外公帮写春联。建华从小接触文房四宝，熏染书法墨香。上初中时，写春联的任务就由我来完成。所以，我常说，我书法的启蒙老师是外公，书法水平是用别人的纸练习提高的。

外公博闻强记，看过厚厚的《隋唐演义》《薛仁贵征东》《薛丁山征西》等书能够背下来讲出来。每到夏天纳凉时，许多村民围坐在我们家门前禾场听外公说书。旁边点上烟把熏蚊子，外公躺在摇椅里讲得绘声绘色、扣人心弦。他每晚讲一个多小时，到精彩处戛然而止，“且听下回分解”。这勾得听众每晚如期而至。像“薛仁贵三箭定天山”“薛丁山招亲”“薛家父子一箭还一箭”“玄武门之变”等故事，我至今仍记忆犹新。文学创造的萌芽、善恶有报的正义深深扎根于心底，融入血液。

外公对中国传统文化不仅弘扬，而且践行。外公从来不吃牛、乌鱼、大雁和狗肉，因为这 4 种动物分别象征着忠、孝、节、义。他老人家对天地人文表示出虔诚的敬畏之心。

外婆的父亲叶裕栋见多识广、习文练武，擅长伤科、救死扶伤、仁医大爱，受人尊敬、闻名乡里。外婆在姐妹中排行老大，从小受到良好教育，循规蹈矩、通情达理、宽容大度、任劳任怨、善解人意。与外公成婚后，她尊老爱幼、和睦邻里、仁爱善良，不仅将中国传统文化讲在嘴上，而且体现在生活细节之中，并对女儿言传身教。比如，外婆梳头时要披上围裙，不让头发和头皮屑掉在地上，一一收起集中存放。她的理由是身体发肤受之父母，要有爱惜与敬畏之心。洗衣服时男女、内外衣分开洗,从不能混在一起;晒衣服时外公的衣服永远晒在前面,她自己的晒在后面。她的解释是,男人是一家之主,在前面领着一家人过日子,这样日子就会越过越好。家里来了客人她一般不上桌,即使上桌也是将饭菜安排妥当后最后上桌。家里生活不济向外借贷时,她宁愿委屈自己,而少让外公出面,为的是保持一家之主的尊严。

小时候,外公外婆经常教育我要立志成才。外公常说:“君子谋道,小人谋食。”坐有坐相,站有站相,吃有吃相。再好吃的菜都不能连续夹,筷子不能在碗里乱翻。外公外婆教诲的这些行为规范、生活细节深深烙印在了我的脑海中,并成为生活习惯,使我受益终身。

践行孝道的榜样

孝乃德之本,教之所由生。外公外婆一生践行孝道,成为后人的榜样。

太外公陈佐东因病卧床三年有余,外婆喂饭喂药、端屎接尿、精心护理、毫无怨言。俗话说“久病床前无孝子”,外婆以实际行动改写了这句俗话。外婆的孝道赢得了十里八乡的良好口碑。

当年我们生活在农村,条件较差,生活困难,但家里有好吃的首先做给太外婆吃,外公外婆自己常以粗粮蔬菜充饥。

慎终追远是中国人的优良传统。每年的清明节、七月半,外公外婆都为祖宗举行祭祀仪式,风雨无阻。

外公是一个很有个性的人,但在太外婆面前非常孝顺。即使五六十岁的时候,如有做得不好的地方,太外婆照样训斥他。他俯首听命，从不违逆。

外公外婆为我们树立了孝道的榜样，我从小受到教育熏陶。我们成家后无论生活多么艰难，坚持履行孝道，对老人始终不离不弃。我在当年招工时本有条件进县城机关工作，但为了照顾年迈的外公外婆毅然选择了他们居住地附近的化工部星火化工厂，当了一名本厂子弟都不去的与有毒有害的水银打交道的电解车间的电解工。我爱人徐金凤辞掉教师工作，在外公外婆生病卧床的几年间端茶喂饭、接屎接尿、洗澡擦身，履行孝道，广受乡邻的好评点赞。我们报答了外公外婆的养育之恩，履行了为老人养老送终的责任与义务。

现在回想起来，我也有做得不够的地方，如对"出必告，返必面"的古训不以为然，有时惹得老人不高兴。现在做了爷爷后，我对这句话的感悟更加深刻。古人总结出来的格言、古训是有重要意义的，应当遵照执行。

广播仁义的表率

外公外婆一生重义气、施仁爱，向社会传递着正能量，弘扬着真善美。

记得有一年，叶家村遇到水灾，青黄不接时社员口粮不足。生产队长心急如焚。其他的事可以等，全村几百人的肚子不能等。外公主动请缨，到他的祖籍江上公社新基生产队找到族亲借粮。老家族亲慷慨解囊，打开仓库借了几千斤稻子，解了叶家村的燃眉之急。村里人都十分感激外公。

外公是一个急公好义之人，谁家有困难都热心帮助，谁家子女不孝敬老人都会义正词严地进行批评,不怕得罪人。古话说“做媒担保,自寻烦恼”,外公外婆却热心为青年男女说媒牵线,在他们的努力下促成了不少姻缘。我印象最深的是他们为立新公社榨下的一个残疾人介绍了一个麻潭陈家的漂亮媳妇,为此桩婚姻费了不少时间和精力,甚至担了女方家父母的不少埋怨。后来,这个家庭生儿育女、幸福美满,都视外公外婆为恩人。

外公外婆非常好客。外公常说“夜夜做贼不富,天天待客不穷”“在家不会待宾客,出外方知少主人”“人情天大,头顶锅卖”,只要有客人来家吃饭,家里生蛋的母鸡都要杀了招待客人。

我和金凤也受到外公外婆的影响熏陶,热心公益、乐于做媒、不怕烦恼。我们也成功帮助几对大龄青年走进婚姻殿堂。记得有一次,一对小青年恋爱遇到了危机,我闻讯后雪夜骑车几公里赶到女方家化解矛盾,终于使他们重归于好。

睿智生活的典范

外公外婆本为小商职业,红案白案手艺精湛,做的油条、麻花、发糕远近闻名。然而,在特殊年代,外公外婆被迫由虬津镇到了叶家生产队务农。两位老人 50 多岁重新学做农活,经历了人生的大转折。那时一等男劳力一天赚 100 分,一等女劳力一天赚 80 分。外公被划到女劳力行列,干一天活赚 80 分,外婆则更低。年终分红,一般 100 分值两三毛钱。我们家一年下来,扣掉口粮还欠生产队的钱,属于欠钱户。我 7 岁时,就一边读书,一边放牛,赚点工分,为解困出力。

面对人生转折,外公外婆顺道而为、乐观应对、睿智生活。

外婆持家待客之道可圈可点。逢年过节家有鱼肉时,外婆都会把好的留下一些,用盐一腌,用瓦钵装上,存放在地窖里,以备待客之用。她的经验是“凡事留一点,客来不丢脸,凡事留一滴,客来不着急”。夏季的蔬菜丰富,外公外婆会把蔬菜晒成干菜,留着冬天吃。像茄子、豆角、芋头等都会晒很多,这些干菜不仅成为我们家冬天的主菜佳肴,而且会被分享给邻居。

外婆有一套养鸡技术,对鸡了解深入、管理有方,如给抱鸡婆醒抱,以利母鸡早日生蛋;孵小鸡照鸡蛋,可以提高出鸡率。最值得称道的是印鸡蛋,即每天早上用手指印蛋鸡屁股,就知道哪只鸡今天会下蛋,如果数量不对,就可以肯定有母鸡在外面生野蛋。外婆的技术屡试不爽。凭此技术,她多次发现生野蛋的母鸡,并对它进行跟踪矫正。如今高深的管理理念和方法不就是来自民众的生活实践吗?这才是现代管理的基础。

外公外婆的处世理念和生活经验对我们产生了重大影响。热情好客是我们家的传统,因此我们无论在星火还是在北京家里常有宾客光临,我们都热情接待。按照现代的话说,人脉即财脉。我们的工作与生活离不开亲友的帮助,我们付出有限,收获无限。

外公外婆虽然没有给我们留下太多的物质财富,但他们留下的传统文化、家风家训都是无价之宝。我们会永远铭记,并传承光大。

母亲“新香”与故乡年味

2015年是我们家有喜有悲、载入史册的一年。11月9日，我们家孙女叶凡庆招来了弟弟叶禹庆，终成“好”事。时隔一个月的12月9日，79岁的母亲因胰腺病魔冲破健康防线而辞世。

按照老家风俗，除了“五七”之外，丙申大年初三要为母亲做“新香”。这一天，亲友们要到母亲的灵堂前拜年上香，燃放鞭炮。孝子要身穿雪衣下跪致谢。

因禹庆太小，父亲担心老家春节寒冷，再三叮嘱不能带禹庆回老家。我只得单独回老家过年，为母亲做“新香”。

根据父亲的交代，我出发之前在家书写了大门和灵堂素联，分别是“守孝三年容易满，思母永世恩难忘”，横批是“遗爱千秋”；“音容留眼前，含笑在九泉”，横批是“乘鹤而去”。

农历腊月二十七，我从首都机场乘12点多的飞机启程，下午3时许到达昌北机场，叶敏和建岗弟到机场迎接。到家见到父亲时发现，失去母亲后的忧伤留在了他布满皱纹的脸上，写在了视力本已较弱的眼睛里。不禁使我回想起往年回家过春节，我们全家人同行，父母兄弟欢聚一堂是那样的热闹与开心，如今睹物思人，难免忧伤。此次春节正如老家常用素联“满天皆春色，吾门独素风”，忧伤和悲痛刻在了我们每个人的心里。

我到家后，盛出了两盘从北京带回的稻香村甜饼，分别敬献在外公外婆和母亲的灵位前，向他们鞠躬作揖、上香祷告，告诉他们：建华来了！

母亲辞世后，弟弟妹妹们尤其是住在旁边的大妹妹红霞、妹夫王林对父亲精心照顾、悉心陪伴，尽力帮助父亲走出悲痛，开始新的生活。他们还在父亲的房间新加了一张床铺，以便晚间做伴，照顾父亲。我们每天通过电话安慰父亲，报告他最为牵挂的凡庆和禹庆的消息。在家人的努力下，父亲的心情开朗了许多，从失去亲人的阴影中慢慢走出。

在深圳的小妹红姣和妹夫张华一家农历小年前即赶回老家陪伴父亲。弟妹们为我回家过年做好了充分准备。除了准备好家乡特产外，大妹红霞还为我洗晒了被子，在羽绒被上还加了两床毯子，生怕冻着我。晚上，我盖着带有阳光香味的被子热得汗湿了内衣。父亲还多次来到我的床前，生怕我踹掉被子着了凉。儿子在父母的眼里永远是孩子，父母的爱是人间最深最厚无法言表的爱。

按照家乡的风俗，守孝之家，初三之前不说“拜年”话，孝子不登别人家门，初三新香之后才能回拜。腊月二十八至正月初二这几天主要任务是陪伴父亲。这次谈论最多的是《根深叶茂》一书。年前，父亲收到书后，陆续送给了一些亲友。每当听到对该书的好评时，父亲就特别高兴。父亲对《根深叶茂》一书非常看重，当作他有生之年完成的一件传承家史家风家训的大事。他说，这本书记载了虬津叶氏尤其是我们这一支的历史，是家史家风家训教育的好教材,是连接家族成员的桥梁和纽带,要求我们继续编下去,希望叶氏后人事业有成、兴旺发达。

我们姊妹5人根据父亲的安排,分头准备,各负其责,筹备母亲的"新香"仪式。主要任务是布置灵堂、书写挽幛、联系酒店、接待亲友和播放《怀念母亲》配乐长诗等事宜。父亲常常感叹:"这就是子女多的优势,人多好办事。独生子女可怜,今后负担太重。你们兄弟姊妹一定要精诚团结,一旦有事,你们5家拧成一股绳力量就大了。"我们说:"请父亲放心,我们会遵照您的教诲,兄弟姊妹会加倍团结、互相帮助、克服困难、笑迎人生。"

为纪念母亲的"新香"之祭,我和叶敏弟弟分别创作了七言和五言诗以表达哀思。《母亲新香》:"我家祖坟添新香,老娘弃儿上天堂。冬去春来梦不断,日思夜想泪难干。守孝三年容易满,思母永世恩难忘。双膝跪下谢亲友,雪衣洁白情义长。"《新香思母》:"漫天皆春色,吾门独素风。慈母别子去,亲友心悲痛。若有难舍意,常会在梦中。"这两首诗由我书写后,贴在了母亲的灵堂。

初三那天,从早上8点多钟开始,亲友们陆续从四面八方赶来为母亲上香拜年、作揖跪拜。我们三兄弟和两个妹妹下跪迎接致谢。母亲的灵堂挽幛显目、庄严肃穆、香气飘溢,《怀念母亲》配乐长诗低沉含情、如泣如诉、催人泪下。亲友们点燃的鞭炮从8点多一直到12点几乎没有间断。爆竹声声寄托着亲友们对母亲的怀念,也是父母仁爱亲友、广结善缘的回报。在母亲的灵堂跪拜的不乏年过古稀的老人,还有腿脚不便的亲友。这令我们肃然起敬、十分感激。

初三之后,我们陆续回拜亲友。我们还在陈光才、张盛祥、吴金保、张小春、蒋赣生、郝晓鸣等兄长好友陪同下，为外公外婆的坟墓上香送纸、寄托哀思，为新建的义门世家陈氏宗祠敬香鸣炮、跪拜先祖，寄托慎终追远情怀。

每次回到老家，亲友们都十分热情，安排吃饭的亲友很多。由于时间关系，总是难以一一遂愿，难免有些亲友有意见。我只得分片集中相聚，争取与更多亲友见面叙情。

俗话说“无酒不成席”，人们的热情、友情、亲情都要通过酒来表达。春节期间，每天中午和晚上我们都少不了要喝酒。好在现在老家的酒风较以前有所转变，健康意识得到提高，文明程度在不断提升，相互斗酒喝醉的现象大为减少。

老家永修自古文风盛行，李白、苏东坡等文化名人都在永修驻足，留下了许多美丽的传说及诗文。建昌诗社培养了一批全国知名的诗人。永修还是书法之乡。永修县书法协会聚集了一批知名书法家，尤其可喜的是涌现了刘文超、魏国强、刘国伟、刘米生等一批年轻书法家。

我每次回永修都会抽时间拜访建昌诗社领袖何竟新先生，向他学习关于诗词平仄韵律的知识，乙未年出生的老人已度过 90 华诞。丙申正月初五上午，我在张华妹夫的陪同下拜访了老人。不巧的是，他的护理人员告诉我们，老人刚刚睡下，近来病情加重、行动不便、记忆衰退。我们不便打扰，只得放下送给老人的《根深叶茂》一书和礼品，请护理员转达我们的拜年祝福便悄然离开。

每次回永修都要抽时间向老家的书法家请教，成为我求教书法的主要渠道和方式。这次我专程拜访了年轻书法家、篆刻家刘国伟。在他家欣赏了书法、篆刻新作之后，我写下了一幅小楷，请他赐教。国伟在肯定我的些许进步之后,对我的笔法进行了矫正指导。每次请教国伟都会受益,也是我的书法得以进步的重要原因。

冷雪华先生曾任化工部星火化工厂副厂长、办公室主任等要职,不仅是我在星火厂时的老领导,而且是良师益友。我一直将他的人品和文才作为学习的榜样。他通过微信知道我回到了永修,便与我联系,要我一定到他家吃餐饭,叙叙情。回想起20年前,我没少在他家蹭饭。他夫人樊大姐热情好客,每次的修水特色菜都会让我们回味无穷,至今仍嘴角留香。我欣然接受了冷主任的邀请,初五中午又一次到他家一饱口福。冷主任非常高兴,邀请了星火厂的杜燕青、樊杉、谢正奎,还有曾在星火厂工作现在靖安罗湾电厂工作的吴凯旋等同事好友作陪。樊大姐精心准备了一桌烟熏肉、哨子等具有修水特色的丰盛午餐。老友相聚,回忆往昔,开怀畅饮、笑声不断。午餐后,我们一行还到星火厂原党委书记黄远菁家拜年祝福。黄书记见到我们这些老部下非常高兴,我们看到他二老身体健康、生活幸福,感到十分欣慰。

我离家时,凡宝说:“爷爷,你不在家我也会每天练字的。”我说:“好的,凡宝长大了。”凡宝言而有信,每天坚持练习书法,并让奶奶给我发来书法照片。我在老家期间,凡宝奶奶每天晚上都与我开通视频与父亲聊天。父亲每当看到活泼可爱的凡庆和禹庆时就会笑得合不拢嘴,有时会对着手机与千里之外的曾孙女、曾孙子飞吻,那种幸福之情溢于言表。有一天,我发现凡宝情绪低落,眼含泪水,我问怎么了?凡宝说:“想爷爷了。”凡宝与我的感情深厚,几天不见就非常想念。一句“想爷爷了”,不由得刺激了我想念凡宝和禹宝的神经。

丙申春节,是我同父亲一室居住时候最长的一次。我俩一起看电视、聊家常、谈人生,夜间近距离听着各自的呼噜声,相互关注睡眠情况。父亲告诉我:"你回北京后,晚上我一个人睡,不再要人做伴了。想你妈时我就到她的灵位前看看她的遗像,就会得到一种安慰,不再害怕了,希望真的能见到她。"

时间老人的脚步,对我们来说既慢又快,我定了正月初七 7 点 20 分的返京航班。这天,父亲早早起来帮我收拾行李,还为我煮了两个糖鸡蛋。我吃着父亲煮的糖鸡蛋时热泪模糊了双眼,甜到了心里,感受到了父爱的伟大。

我在外公外婆和母亲的灵位前上香作揖告别后,迎着蒙蒙晨曦,沐浴着沥沥春雨离开了故乡。

飞机在首都机场着陆之前,我一直沉浸在思念与回忆之中。母亲"新香"、故乡的年味将永远镌刻在我人生记忆的深处。

祝愿父亲健康快乐,企盼亲友猴年幸福!

一波三折故乡年

春节,对于中国人来说,无论离家千里万里,但凡有可能都要向故乡汇聚,向根脉靠拢。因此,春运在神州大地上不仅是一道交通风景,而且是一道人文景观。

我们家在丙申年春节时,因为小禹宝才3个多月,不便回老家过春节。当时与父亲相约,丁酉年我们全家回家过春节,并且由我们做东盛邀亲友在积贤堂(我们在外工作的姊妹在永修县盖的楼房)过年。

时间总是在不经意间流逝得很快。越临近春节,我们家的春节气氛越浓。离春节还有两个多月,父亲就不时来电话,扳着指头数我们回家的日子。他非常希望早日见到从未见面的曾孙子小禹宝和成为小学生的小凡宝。他老人家不时与凡宝、禹宝视频,只要见到两个孩子,就非常开心。

为了筹备一个团圆快乐的春节,爱人金凤请堂弟叶世平腌好了土猪腊肉,添置了厨房电器等用品。我托朋友从哈尔滨寄了五常大米。

我们在安排回家的行程及交通方式时,首选自然是火车卧铺。

北京春节期间一票难求早已成为常态。进入放票抢票期后，儿媳刘倩全神贯注开始抢票，但几天都未能如愿。后来几经周折，终于买到了两张22号(农历腊月二十五)的卧铺票，计划我和金凤带凡宝和禹宝先回，儿子和儿媳随后开车回去。

我们希望早日回到魂牵梦绕的故乡，期待见到年迈的老父亲和亲友们。正当全家沉浸在即将回家过年的喜悦之中时，不料小禹宝偶遇风寒感冒发热，并且几天不见好转。一个生龙活虎的小朋友被高热折腾得精神不振身体虚弱，令我们十分揪心。父亲得知小禹宝生病的消息后，十分牵挂，提出不让我们回家过年，要以小禹宝的身体为重。我们也担心长途跋涉，加之南方冬天寒冷又无暖气，小禹宝的身体难以适应，一旦病情加重，全家人也无心过好年。于是，我们只得调整行程，取消回老家过春节的计划，退掉了好不容易买到的火车票。

几天来，常听弟弟妹妹说，父亲虽然理解我们因小禹宝的身体不能回家过年，但老人的情绪十分低落，常说些惆怅悲观的话。我们十分理解父亲的心情，他非常希望我们全家陪他一起过春节，尤其是想见到小禹宝和小凡宝。

事有凑巧，沈阳徐亨阳内弟一家原本商量好23日启程回老家过年，正当一切准备就绪时，义鼎侄子突然高烧成肺炎住进了医院，也不得不取消行程退掉了飞机票。老家二姐亨月提前翻晒被褥，准备特产，为弟弟妹妹回家过年进行了精心准备，不料先后得到弟弟妹妹都不能回家过年的消息，伤心落泪，十分牵挂。

几天来，我们全家都在经受着心灵的煎熬。我们知道，父亲年事已高，尤其是母亲去世后身心受到不小影响，不希望给父亲留下遗憾。我们也理解二姐亨月一家迫切的思亲之情。我们努力思考着万全之策，尽量履行孝道满足父亲的心愿，抚慰姊妹们的期待。我们都默默祈祷，保佑小禹宝和义鼎侄子早日康复。

24 日，小禹宝的病情有所好转。小孩子天真无邪不掺假，只要身体一好，立刻活跃起来，食欲也大增，令全家高兴。于是，我们再次调整计划，决定 25 日起程回老家过年。为了小禹宝少受折腾，我们决定乘坐飞机回家。儿子上网一查，飞往昌北机场的飞机经济舱全部爆满，只剩下几张头等舱机票，并且价格不打折。儿子立即抢票，海航的 333 大型飞机头等舱没有婴儿票，我和爱人不能乘同一架飞机，只能抢我和小凡宝的两张票，另外在国航抢到了爱人和小禹宝的两张票。飞机起飞的时间分别为早上 8 点和 6 点。儿子和儿媳当天开车前往。

当我们把乘飞机回家过年的消息告诉父亲和姊妹们后，他们心情好转，高兴无比。

25 日，我们全家起了一个大早，3 点多钟起床，4 点和 6 点先后出门赶往首都机场三号和一号航站楼，开启了回家过年的旅程。

我带着小凡宝一路顺利，乘坐海航大型飞机头等舱，享受了热情周到的贵宾待遇。小凡宝第一次和我出远门，像小鸟一样愉快地跟随着我。金凤带着小禹宝却提心吊胆，吃了不少苦。小禹宝第一次乘坐飞机，加之身体不适，上飞机后就大哭不止，每一声都揪着奶奶的心。金凤担心痛心、汗流浃背，想尽办法哄他睡觉，使尽浑身解数都不见效。为了哄好小禹宝，她全然没有体会到坐头等舱的滋味。

儿子和儿媳经过 10 多个小时驱车奔波，也在当天傍晚安全抵达老家。

在我们一波三折调整行程之后，同时传来一个令人兴奋的好消息，义鼎侄子的病情也有所好转，亨阳内弟一家也临时抢了飞机票与我们同一天到达永修老家。

就这样，我们两家终于回到了日思夜想的故乡，见到了父亲、姊妹及亲友们。

我有感而发，吟诵了丁酉春节感怀诗一首：

回乡过年如朝圣，车票难求揪人心。
一波点亮思亲梦，三折萌生忧愁云。
排除千难思良策，克服万险促成行。
积贤堂里老少乐，榛梓春光不了情。

我们的到来，令父亲精神焕发，高兴无比。几天来，父亲一直陪我们住在一起，享受着四世同堂的欢乐。小凡宝、小禹宝与老太形影不离、感情甚笃。每当小禹宝喊出“太太、太太”之时，父亲感觉比吃了蜜还甜。小禹宝步履蹒跚地与父亲分享点心、水果时，他乐得合不拢嘴。

几天来，我一有时间就陪父亲散步聊天、拉拉家常、谈谈人生。父亲向来心态阳光，常常叮嘱我：“要精心把凡宝、禹宝带好，老家的事你们不要牵挂，我身体尚好，会照顾好自己，弟弟、妹妹们都在身边，他们都有孝心，对我照顾周到，你们在外面工作好、生活好，就是对我最大的孝心。”

大年三十，我们准备了两大桌丰盛的年饭，大家喜笑颜开、开怀畅饮，过了一个欢乐幸福的团圆年。父亲和道才兄还即兴赋诗祝福新春,表达心志,赢得大家阵阵掌声。

年前,我特意拜访了人民画院院长、我国著名书画家张仕森先生,请他为我们家和义门世家祠堂分别题写了“积贤堂”和“义门世家”牌匾。正月初二上午,我们以燃放鞭炮、合影留念的隆重仪式在堂前正上方安置了“积贤堂”牌匾,期待家人世世代代将贤德坚持到底,将美德永远保鲜。

我们家属于几姓的大家族,亲朋众多,春节回家,亲友们都非常热情,宴请者众多。因为我们的行程较紧,常常是把一批批朋友召集到一起相聚,不少亲友因未能安排一起吃饭而有点小意见,我们只能安抚说“好吃的留到下一次”。

年后,我们到了不少地方给长辈们拜年祝福,还应邀参加了永修县委县政府举办的外地工作乡友团拜会。会上,见到了不少老朋友,结识了许多新朋友,大家交谈甚欢,为永修的发展变化感到欣慰和自豪。

听说我们回家过春节,许多亲友赶来看望。特别值得一提的是,通过好友杜家梅找到了儿时曾受其关照的亲戚敖可香姑。40多年不曾相见,岁月改变的是容颜,无法改变的是亲情。家梅夫妇陪同可香姑驱车前来积贤堂相聚,我们一起回忆了那段悠远的时光,犹如开启一坛陈年醇酒,香染心扉、回味无穷。另外,星火化工厂的同事胡细根和吴发兵得知我们回江西永修过年,分别从新余和鄱阳驱车几百公里赶到住地看望我们。这份真挚的友谊将永远铭记在我记忆深处。

以《有朋远方来》为题记下了当时的心情:“有朋驱车自远方,欢聚建昌积贤堂。真诚友谊若醇酒,开坛飘溢千里香。”

此次故乡之行，也留下了一些遗憾，由陈光才兄牵头筹建的义门世家祠堂正月初八举行落成庆典，这是一件载入谱册的大事。年前，我亲自将张仕森先生题写的“义门世家”牌匾送到了祠堂，祭拜了列祖列宗，却未能参加隆重的落成庆典。

正月初三，我们全家怀着依依不舍的心情驱车离开了故乡，晚上到河南淮阳给亲家刘喜山全家拜年祝福，受到了盛情款待。

正月初四，我们平安返京，结束了回乡过年之旅。

这是一个一波三折、值得回忆的春节。

一岁的禹宝

时间过得真快，斗转星移，冬去春来，小禹宝1岁了。

小禹宝的到来，为我们家增添了无穷欢乐。他在家人和亲友的精心呵护下健康成长，白白胖胖的，体重超过10千克，身高76厘米，不仅可以站立，而且学会了迈步，能有意识地叫爸爸、妈妈、奶奶、爷爷。

小禹宝食欲较强，家人笑称他是个“吃货”。除了每天喝3次奶之外，奶奶、姨奶奶、妈妈每天要给他喂面条、水果等辅食。每天吃饭时，他喜欢到餐桌上凑热闹。奶奶会用开水煮一些蔬菜茎秆给他，他吃得津津有味。

小禹宝是一个勤快的宝宝，不爱睡懒觉，夏天时四五点钟、冬天时五六点钟就醒来开始新一天的成长。他喜欢到室外活动，喜欢好奇新鲜的事物，每天都有新变化。

小禹宝是一个爱笑的宝贝。他在蓝星花园的小朋友中知名度很高，许多爷爷、奶奶、叔叔、阿姨都知道他叫“二宝”，见到他就喜欢逗逗他。小禹宝见小朋友也会热情拉手交流，见到老人也会送去甜美的微笑。

我们常带他到书房读圣贤书(中华文化之歌)。我们读博大精深、源远流长、道德文章……小禹宝就用小手有节奏地指点着。有时哭闹,一听到读圣贤书,他就会止住哭闹,将目光转向书房。他看见我写字时就会过来要笔,握一握、摸一摸才能得到满足。幸福三村房间的墙上留下了他涂鸦的作品。

小禹宝在爱的氛围中成长。刚有小禹宝时,凡宝有些独享之爱被分享的不快,后来由慢慢接受弟弟到喜欢上了弟弟。弟弟也特别喜欢姐姐。凡宝一有时间就带弟弟玩,弟弟喜欢模仿姐姐的动作。姐姐教的动作弟弟很快就能学会,如睡觉、卖萌、欢迎、一岁,学得惟妙惟肖,常常逗得大人们捧腹大笑。

老家亲友非常喜欢和关注小禹宝、小凡宝,尤其是叶祥财老太,每隔一段时间就要视频一次,当看到小禹宝和小凡宝活泼可爱的样子时就非常高兴。老人家经常交代我们要精心带好两个孩子,自己身体、生活都很好,不用挂念。

赵生年姨奶奶精心呵护着小禹宝,对他的关怀无微不至。3 个多月的相处建立了深厚的感情。生年姨奶奶常说,小禹宝太可爱了,在她接触的同龄小朋友中小禹宝是接受能力最快、最聪明的一个。

禹宝奶奶为了小凡宝和小禹宝每天不辞辛劳,中午忙得不能休息,为他俩付出了太多太多。但她常说,一定要精心带好这两个宝宝,他们是老叶家的希望所在,我们多付出是有意义的。是的,后代好才有希望,人生在什么阶段当做什么事,培育好两个小宝就是我们家的大事。

按照老家的风俗,小孩一岁时要作周岁。2016 年 10 月 29 日,金凤给父亲打电话,禹宝在北京作周岁,请他为祖先敬香。父亲说一定会给祖宗上香,保佑你们全家,祝小禹宝生日快乐!

我们在燕和楼邀请了北京的胡平、胡宏、雪芬、守贵、生年 5 家人,小范围举行了小禹宝的“摸周”仪式。我们把事先准备好的百元人民币、苹果、巧克力、签字笔、毛笔、酒杯等摆在地上,让小禹宝爬过来,看他先抓什么。大家都注视着这一刻。生年姨奶奶事先预测,小禹宝会抓笔,因为他最喜欢笔。只见小禹宝爬过去后,目不斜视,小手直接伸向了那支并不起眼的签字笔,稍作停顿后抓起来转身交给了妈妈。在场的亲友发出了阵阵笑声,说禹宝今后是个有出息的文人。姨奶奶为她的准确预测感到高兴。我为小禹宝选择笔而感到欣慰。大家都祝福小禹宝健康快乐成长,将来有出息。

两岁的禹宝

2017 年 11 月 9 日是禹宝两岁生日。两年,在历史长河中只是一瞬间,而禹宝出生后的两年却给我们家留下了深深的烙印和美好的记忆。

从千呼万唤的呱呱坠地,到天真烂漫的小朋友,这 730 个日日夜夜,有众多亲友的一路关爱,有小禹宝的一点点长大,有小禹宝创造的童趣故事,有小禹宝给全家带来的幸福快乐。

两岁的禹宝已是一个虎头虎脑、活泼可爱的身高近 90 厘米的小朋友。小禹宝最可爱的当属一双忽闪忽闪的会说话的大眼睛。小禹宝眉头一皱就会有新点子,他富于联想,不喜欢按常规出牌。比如,我们教他“有人叫禹宝或二宝时,要喊‘到’”,而他“到”了几次后,会调皮地喊“不到”“不到”,说完后,眯着双眼张开小嘴露出白牙咯咯地欢笑。

禹宝小朋友词汇丰富,常常会说出一些与他年龄不太相符的词汇,如他喝汤的时候,如果汤太烫,他会用匙子在碗里搅动,并说“宝宝搅拌就不烫了”,将“搅拌”两字用得恰到好处。一次,他将姐姐的“水晶泥”藏了起来,奶奶说:“禹宝为什么藏姐姐的东西?”小禹宝则狡辩道“我们一起分享”,将“分享”两字说得调皮传神,引得家人捧腹大笑。

小禹宝的自我意识很强,他和大人一样习惯于刷存在感。如果奶奶和大姨说话忽略他时,他会喊“不要说话,陪宝宝”。如果奶奶和大姨在看手机,他会抢夺手机扔在地上。小禹宝一岁多的时候,就要自己动手喂饭,当奶奶给他喂饭的时候,他会说“宝宝自己喂,宝宝自己喂”,便坐在宝宝椅上操起匙子自己往嘴里送。有时会弄得脸上、桌上到处都是饭菜,但他却以此为乐,我们也鼓励他自己动手。乘坐电梯时,小禹宝会抢着按自己家的楼层,别人按了都不行,要删除了让他重按,这时他会感到有成就感。

小禹宝没有小凡宝姐姐那样听话温顺,有时有些霸道。小禹宝对妈妈十分依恋。妈妈下班回家后,他像小鸟一样飞奔过去投入妈妈的怀抱,嘴里喊着“妈妈抱抱! 妈妈抱抱!”妈妈与姐姐亲近的时候,他就醋意大发,嚷着“我要妈妈! 我要妈妈!”直到妈妈亲近他方止,大有独占母爱之意。小禹宝有时会以肢体侵犯凡宝姐姐,凡宝姐姐总是对他谦让、关爱,体现出“大姐大”的风范。在外玩耍的时候,小禹宝却有男子汉的风范,担当保护凡宝姐姐的责任。一次,有个小朋友冒犯了凡宝姐姐,小禹宝见状后挺身而出冲上去用手中的小汽车砸向那个小朋友。正所谓:“打虎还须亲姐弟。”

小禹宝外出玩耍时有时会冒犯小玩伴,我们听说后就会教训惩罚他。有一次,他被奶奶关了“黑屋子”,直到认错才把他放出来。认错归认错,但他仍然会屡教屡犯。有一次,他推了一下“可可”小朋友,还没等小红大姨教训他,自己主动站到墙边罚站,逗得大家发笑。

我们教小禹宝背诵中华炎黄文化研究会理事陈汉东先生创作的由 56 句成语组成的《中华文化之歌》时,他背了前面几句,后面的就不愿意背了。凡宝姐姐一岁七个月就可以背下《中华文化之歌》,成为陈汉东先生最小的粉丝,而禹宝未能打破姐姐的纪录。禹宝却特别喜欢汽车,对汽车情有独钟,在小红大姨的辅导下,通过对汽车图片、图书的反复学习,能够认识许多汽车,尤其是世界名贵汽车。走在大街上,小禹宝会说出许多汽车的名称。小红阿姨还教会了小禹宝不少唐诗和儿歌。

小禹宝是一个心态阳光的小男孩,脸上常常露出微笑,笑得很甜,讨人喜欢。他从外面玩耍回家时会大声报告家人:“爷爷,我回来了! 奶奶,我回来了……”让喜乐充盈全家。小禹宝很会逗大人们玩,有时会称呼“好爷爷、好奶奶、好爸爸、好妈妈、好大姨、好姐姐”,叫好声一片;有时也会说“坏爷爷、坏奶奶、坏爸爸、坏妈妈、坏大姨、坏姐姐”。当他看到大家故作生气之状时,就会特别高兴。

小禹宝喜欢挑衅和冒犯爸爸。当爸爸惩罚他时,他会向爷爷、奶奶求助,要爷爷、奶奶揍爸爸,并说“把爸爸揍扁”!

奶奶对小禹宝疼爱有加,像园丁爱护花卉一样爱护着小禹宝,看到适合小凡宝和小禹宝的衣物、鞋帽,总是慷慨解囊。奶奶每天精心烹制营养可口的食品,观察小禹宝的身体变化。小禹宝食欲旺盛,一听到“吃”字就异常兴奋,扔下手上的玩具往餐厅跑。有时小禹宝难免过量积食,奶奶常用炒热盐为小禹宝捂肚子,这招对小禹宝挺管用。小禹宝基本上不吃西药,在奶奶、妈妈、大姨等精心呵护下,身体健康结实、活泼可爱。

小禹宝从小安全意识较强，第一只脚不踏稳，不迈第二只脚，但也少不了摔跤、碰撞、受伤的情况。俗话说："丝瓜葫芦吊大，小孩子摔大。"2017 年 9 月，小禹宝在蓝星花园健身场玩耍时，从器材上掉下摔了一跤，脑袋上摔了一个口子，流了一些血，心疼坏了一家人。奶奶、妈妈和大姨赶紧带着小禹宝到医院，除了上药外还打了破伤风针。想起我们那一代人属于野蛮生长，受伤后别说打破伤风针，医院都不会去，洒上一些锅底灰或香灰就完事。现在孩子金贵，医疗条件也好，这种关爱和幸福将伴随着小禹宝的一生。

小禹宝与爷爷感情深厚。到了爷爷上班的时候，小禹宝就嚷着要穿衣服、换鞋子出门送爷爷到村头、路口，好长一段时间成为禹宝例行的"公事"，不让他送都不行。小禹宝一岁多的时候，喝奶时会留下一些送给爷爷喝，爷爷不喝他不走。小禹宝的如此行为，生年姨奶奶和小红大姨都感到惊奇。她们说："这么小的孩子就懂得分享，将自己喜欢吃的与爷爷分享，就是教也教不会的，小禹宝的孝心与生俱来。"

两年来，小禹宝得到了姥爷、姥姥、舅舅、小姨等暖心关爱。两年前，姥姥从河南来到北京的第二天小禹宝就提前一天出生了，姥姥是小禹宝出世见到的第一人。姥爷、姥姥、小姨经常与小禹宝视频交流，为小禹宝购买衣服、玩具，如阳光雨露一样滋润着小苗成长。

江西老家的家人、亲友对小禹宝十分疼爱。小禹宝回过两次江西老家，一次是丁酉春节，一次是 2017 年十一假日。叶祥财老太看到小凡宝和小禹宝满心欢喜，整天陪着两个宝宝，对他们呵护有加，在相聚的日子里尽情享受着四世同堂的快乐。叶敏、建岗爷爷，红霞、红娇姑奶奶等都视小禹宝为掌上明珠，想方设法为他准备家乡特产、可口食品。小禹宝的嘴也特别甜，与他们见面时一个个拥抱、一声声称呼，让长辈们乐开了花。

祝小禹宝生日快乐！愿小禹宝健康快乐成长！特赋小诗纪之：

禹宝面世记犹新，不觉已是两度春。
天真烂漫多童趣，幸福快乐怡人心。

小凡宝的眼泪

一天,家里的书法毡子被损坏了,奶奶金凤又购买了一块新的。

晚上小凡宝练书法时,她调皮地用手沾墨汁往新毡子上擦,洁白的毡子上留下了一摊墨迹。见此情景,当时我很生气,严肃地批评了小凡宝。我说:“小凡宝,你这样不听话,爷爷今后怎么教你练书法呀。练书法的人要对文房四宝有敬畏之心,不能浪费,不能有意损坏,知道吗?”

也许是我的语气重了些,小凡宝受到批评之后特别沮丧,低下脑袋怔怔地站在那里,眼泪在眼眶里打转。奶奶把她带到洗手间后,泪水夺眶而出,泣不成声。奶奶开导她说:“爷爷批评你是为你好,有了错误改正后就是好宝宝。”慢慢地,小凡宝止住了眼泪,恢复了平静。

因批评小凡宝过重,我也觉得很内疚。她毕竟还是一个 6 岁多的孩子,犯错是孩子的专利,上帝都能原谅。看到小凡宝掉泪,我心里也不舒服,晚上觉也睡得不踏实。

我在家庭的分工中是老好人角色,基本上不批评小凡宝,因此在家里爷爷是小凡宝最不怕的人。小凡宝跟爷爷感情厚笃，曾悄悄写下“我发现爷爷很爱我”的感言。金凤常跟我说过，家里其他人批评小凡宝都不太要紧，小凡宝特别在意爷爷对她的态度，爷爷说话语气稍有严肃，她就接受不了。

我应当以此为教训，多对小凡宝引导鼓励，少批评。

爷爷也是有喜怒哀乐的平凡之人，也会有犯错的时候，希望小凡宝能谅解爷爷。

温馨的问候

一天晚上,我在刮胡须时,老革命碰到新问题,被剃须刀划破了下巴,流了一些血。

小凡宝看到爷爷下巴流血大为震惊,忙问:“爷爷痛吗?爷爷痛吗?”我说:“没事,划了个小口子,不要紧的。”

凡宝赶快招呼奶奶,赶快给爷爷找创可贴。

奶奶说:“不用找,找到创可贴爷爷也不会贴的。”

凡宝说:“你去找吧!我就要爷爷贴。”

奶奶找来创可贴后,凡宝用小手撕开了创可贴,不由分说,硬是要我躺下,帮我在下巴上贴了创可贴。

晚上凡宝久久不能入睡,一直担心着爷爷的伤口还流不流血。经我再三安慰,凡宝才进入梦乡。

早上我起床上班时,凡宝还未醒。

我到办公室后,看到凡宝用奶奶的手机发来了微信音频:“爷爷你的下巴好了吗?”我说:“好了,谢谢凡宝!”

一声亲切的问候,令我感到无比温馨和幸福。

我们的社会和家庭应当多一些亲情温情,这正是我们大家所向往的。

小禹宝的分享与礼让

人为高级动物，脱离动物属性却需要一个漫长的教化过程。人类之所以登上万物之灵的高峰，是因为学习和传承了仁、义、礼、智、信、忠、孝、和、忍、让等道德品质和传统文化。

对于涉世未深的孩子，应当在小时候就重视道德品德教育和传统文化传承。因为刚出生的孩子，呈现给世界的更多的是生存欲望和动物属性。

一般来说，自私、自利、自我是孩子的天性，合情合理，无可厚非。但要想让他更好地融入家庭、社会，必须趁早进行道德品质教育。

我们家对两岁的小禹宝视为掌上明珠而疼爱有加，但是我们对他的诉求有底线、有原则，经常教育、鼓励他与人分享、懂得礼让。

一天早上，爷爷出门上班。奶奶抱着小禹宝相送到门口挥手告别。奶奶说："宝宝亲亲爷爷，爷爷会给宝宝买好吃的。"小禹宝在爷爷脸上亲了一口，送来温馨。

爷爷问："宝宝想要什么好吃的？"

小禹宝说："想要棒棒糖！"

爷爷承诺:“好,爷爷下班给宝宝买棒棒糖。”

因为棒棒糖是小禹宝的最爱。如他不开心闹情绪时,玩耍弄疼了什么地方哭泣之时,只要奶奶一说“宝宝乖,给宝宝吃棒棒糖”,小禹宝的小脸立马由阴转晴,破涕为笑,屡试不爽。

爷爷言而有信,下班时走进“京捷生鲜”购物店,在货架上费了一番周折,后来经顾客提示在收银台旁找到了棒棒糖,买了两根。

回到家里,看见爷爷从口袋里掏出了棒棒糖,小禹宝欢呼雀跃,连连说:“谢谢爷爷! 谢谢爷爷!”

爷爷把红蓝两色包裹的两根棒棒糖交给了小禹宝,并交代他“你一个,凡宝姐姐一个,凡宝姐姐放学回家你送给姐姐”。

凡宝姐姐放学回家,小禹宝说:“爷爷买了棒棒糖,给姐姐一根。”

小凡宝接过棒棒糖后说:“谢谢爷爷!”然后,姐弟俩反复挑选自己喜欢的颜色。但当两根棒棒糖再到了小禹宝手里后,小禹宝则耍赖不给姐姐了。小凡宝要不回弟弟手中的棒棒糖时,脸有不悦。

爷爷见状后,走到小禹宝跟前,蹲下身子说:“咱们说好的,你和姐姐一人一根棒棒糖对吗?懂得分享才是好宝宝,赶快给姐姐,否则姐姐生气了。”

小禹宝一听到他自己常说的“分享”两字,知道自己错了,于是送给了姐姐一根,姐弟俩高兴如初。

小朋友大都喜欢看少儿动画节目,为了不伤害小禹宝的视力,我们对小禹宝的观看时间进行了严格控制,每天只能看一两集。

前段时间,小禹宝迷上了《旺旺队》,有的角色成为小禹宝崇拜的偶像。有时候,小禹宝的《旺旺队》与《新闻联播》时间发生冲突,他却自己拿着遥控器不让调换频道。这时,奶奶、妈妈包括凡宝姐姐都会给小禹宝做工作:“宝宝该歇歇眼睛了,到了爷爷看《新闻联播》的时间了。爷爷不看《新闻联播》就赚不到钱,就不能给宝宝买棒棒糖。”这时,小禹宝便很不情愿地交出遥控器让爷爷看《新闻联播》。

时间长了,一到《新闻联播》的时间,小禹宝便会主动提示:爷爷看播、爷爷看播,并且学会了用遥控器为爷爷调到中央一套。

现在想来,从凡宝开始,到了《新闻联播》的时间就会礼让爷爷,现在小禹宝也学会了到《新闻联播》的时间礼让爷爷。

让孩子在家庭接受分享和礼让的教育,并且使这种内在品德外化为行为习惯,将会有利于孩子长大后融入社会,多些绿灯,顺利人生。

美人之美篇

我国著名的社会学家、教育家费孝通先生提出的“各美其美、成人之美、美美与共、世界大同”的理念具有普世价值，得到人们的推崇与称赞。

尤其是“成人之美”，不仅是一种美德，而且是一种大智慧。我国先贤老子在《道德经》中有言：“以其无私，故能成其私。”一个只知道为自己攫取光环的人，终究会黯然失色。当我们有能力的时候，应当尽力帮助别人，成人之美。成人之美，即成全了他人，也幸福了自己。

建华担任中国化工作家协会副秘书长以来，会同赵颉副秘书长，通过多种渠道发现、推荐了 20 多位化工系统文学爱好者加入中国化工作家协会，帮助他们激发创作潜能，实现人生梦想。《美人之美——为文学爱好者铺路架桥有感》一文记录了建华工作过程的辛劳与快乐，值得与读者朋友分享。

美人之美

——为文学爱好者铺路架桥有感

建华自小爱好文学，有幸的是，几十年的职场生涯多与文字为伍。除了写作公文之外，我结合工作任务和利用业余时间创作了一些文学作品，先后出版了10多本散文、诗歌和报告文学专著，2007年成为中国化工作家协会理事，2013年成为中国报告文学学会会员，2015年担任了中国化工作家协会副秘书长，并且在这一年实现了中国作家协会会员的梦想。

许多人都有过文学梦。文学是一个人素养的重要内涵，文学也是创新的源泉。在市场经济大潮的洗礼下，金钱成为多数人追逐的目标和成功标准，文学则受到了严峻挑战，逐渐走向了边缘，有不少文学爱好者远离了文学，被时代大潮推向了商海，能够坚持创作尤其创作正能量文学作品的作者弥足珍贵。文学创作是一种精神追求，文学创作者需要较高的素养和一颗于生活的细流里感悟真善美的心灵，尤其生产企业的作者、作家，没有激情、没有奉献、没有担当是难以坚守、难以创作传递正能量、弘扬真善美精品力作的。

作为一个正能量文学坚守者,建华向来对文学爱好者尊重有加。近20多年来我到过不少企业调研,每到一家企业,特别喜欢结识企业的文学爱好者、书画家。文友成为建华朋友圈的重要成员,至今建华仍然与这些文友保持密切交往,彼此的文字与笔墨于潜流无声里化作积极向上的心灵清泉。

建华感恩,自己有幸在温洪、朱建华、崔建华、钱玉贵、李炳银等老师的帮助下得以加入中国化工作家协会、中国报告文学学会、中国作家协会,在文学大厦登堂入室,实现初心梦想。建华以实际行动践行一名作家的荣誉与责任,激励自己除了多创作正能量的文学作品外,还应当作一颗石子和一根木材,为广大文学爱好者铺路架桥,唤醒更多曾有文学梦想的文学青年,为文学这个心灵的花园培植更美更艳的花朵,怡享每一颗赏悦的心灵。

我常和朋友戏称,社会上多一位正能量作家,就会少10个打麻将赌博的人。实现中国梦应当落实在具体行动上。

我曾在中国作家协会组织的“行业作家协会负责人”座谈会上说:“我们的社会不缺少真善美,而是缺少发现真善美的眼睛和作家,因此,各级作协要大力加强作家队伍建设,为作协肌体补充新鲜血液。”我的发言得到中国作家协会副主席白庚胜、创联部主任彭学明等领导的肯定点赞。

2016年6月5日,建华在友谊宾馆参加“中国石化科普联盟成立大会”时,向科普联盟主席、中国石化联合会会长、中国化工作协名誉主席李寿生建议,在石化科普联盟的舞台上应有中国化工作家协会的地位和作用,化工行业的作家应当为化工行业鼓与呼,应当大力宣传化工行业的重要地位,讴歌化工领域的先进典型,传播化学工业的科学知识，扫除妖魔化工、贬损化工的尘埃。寿生主席对我的建议给予了赞许。寿生主席工作十分繁忙，但他带头践行作家要以“激情为本，创作为基”的安徽铜陵会议倡议，不时有反映我国化工行业的激情之作与长篇报告文学发表，为我们树立了榜样。

2015年，建华在中国化工作协安徽铜陵会议上建议：要加大发展中国化工作协新会员力度。化工国之柱，是重要的行业，全国有200多万职工，有许多文学爱好者，需要化工作协为他们提供学习、提升、交流和活动平台。一个组织只有不断注入新鲜血液、不断发展队伍，才有生机和活力。作家协会有为才有位。作家是企业文化建设、普及科学知识、传递正能量的一支中坚力量。

安徽铜陵会议后，建华便付诸行动，着手与《信息早报》社共同推荐中国化工集团公司系统新会员的工作。这项工作得到了李冰梅总编辑和薛雅萍编辑的大力支持。经过几个月的推荐筛选，共有21个作品颇丰的文学积极分子被列入名单。在这21名同志中，其中省级会员5名，市级会员5名；男性11名，女性10名；平均年龄43岁；来自17个单位。其中，有些同志将会成为中国作家协会会员的苗子。

建华与每一位被推荐人进行了反复沟通，帮助他们完成填写申请表、提交照片和作品复印件、单位加盖公章的工作。在这个过程中，也出现了一些缺少作品复印件和单位加盖公章的情况。对于不合规的材料，我通过沟通，提出要求，直至材料合规，终于在2016年5月收齐了21位同志的纸质和电子版申报材料。建华对这些材料进行了分类整理，制作表格发至中国化工作协各位理事进行预审，并趁化工行业的中国作协会员来京参加中国作协培训班的机会，怀揣着这些文学爱好者殷切的希望，提着一袋纸质材料请他们预审，对他们提出的意见进行修改、补充、完善。

当收到中国化工作协于7月2日在江苏泰州黑松林公司召开理事会会议讨论新会员发展通知时，正好前一周建华与同事前往南京化学工业公司和仪征化纤集团公司普查征集博物馆化工藏品。建华便随身携带着一袋纸质材料跨省倒车。有人建议我出差带这么一大包材料不方便，可以快递过去。建华担心，万一出现丢失或晚到岂不辜负了21位文友的心，像爱护自己的孩子一样，还是携带而行更为放心。

江苏的7月，正是梅雨季节，几天来大雨很少停歇。建华顶风冒雨提着一袋材料进入了会场，向化工作协与会理事一一介绍了所推荐的21位同志的具体情况。经过理事们讨论表决，除1位仍在读中学的子弟外，其他20位同志获得全体理事的一致通过。在这次会议上讨论的还有巨化集团公司推荐的15位同志。一次性讨论通过30多位新会员入会在中国化工作协近10年来还是首次。

钱玉贵主席、周迅副主席等领导对建华积极推荐新会员的工作给予了肯定，对提交材料的程序和规范给予了赞许，并且提出今后中国化工作协发展会员要以建华提供的材料为标准。赵颉副秘书长对本次推荐新会员工作鼎力相助，和建华一道在每位新会员的申请表上推荐签字，肯定这些同志的入会资格。

有作家朋友戏称：建华是这次会议收获最大者之一。我微笑认可，因为我实现了“美人之美”的心愿。

黑松林会议产生的执行主席刘鹏凯加快了执行效率，胡宏副秘书长为此付出了辛勤劳动，会议不久就完成了证书及文件印制填写工作，8 月 4 日就将证书带到北京交给了建华。建华十分理解新会员的心情，接到证书和文件后，嫌邮寄太慢，用快递递给了每位会员。时空里我与文友们共同感受到了赠人玫瑰手有余香的美好！

此后，陆续接到新会员打来电话或发来微信、短信，向我表示感谢，告诉我已收到了快递。我向他们发去了格式回复："祝贺您！文件可呈领导阅知，希望多创作正能量文学作品！"

我相信，中国化工作协队伍将会有一个大发展，这是大势所趋，时代所需要，也是文学爱好者的企盼，今后将会有更多的文学才俊加入我们的团队。这些作家将会在今后的日子里创作更多的精品力作，为中国化工和祖国文学百花园增添锦绣，将成为中国化工行业软实力的重要部分。

我国著名的社会学家费孝通先生提出了"各美其美，美人之美，美美与共，天下大同"的理念并受到国内外学者高度认可，因为这个理念诠释了中国优秀传统文化的伟大。孔子提出的"己所不欲，勿施于人"名言耸立在了联合国总部，成为普世价值。对"己所不欲，勿施于人"的深入解读可否为"己所欲，施于人"？当我们向往所欲的时候，一定要与更多的人分享，将真善美扩大，将正能量发酵。

"一花独放不是春，万紫千红春满园。"我们中国化工作协的满园春色，需要更多的园丁。这个园丁，是你，是我，是他！

当您"美人之美"的时候，您将会更美！

担当使命　充实内涵　勇于实践

——在2017中国形象大使全球选拔赛上的致辞

写在前面的话：进入2018年新年的第一天，建华应中国形象大使全球选拔赛组委会邀请，前往位于北京昌平区的汉风唐韵主题餐厅参加了“中国形象大使选拔赛总决赛”活动，并担任致辞嘉宾和评委。本次活动的致辞嘉宾和评委还有原国务院办公厅副司长王胜利、原中央国家机关工委宣传部巡视员郭存亮、海外华文传媒协会主席刘成、中国记录通讯社社长陈学刚等领导与专家。活动特邀中央电视台主持人石军和潘晓蕾现场主持。全国分赛区选拔的26名选手参加了本次总决赛。

本次中国形象大使选拔赛总决赛有别于以往的模特小姐选拔赛，注入了更多的中国传统文化元素，不仅注重外在颜值，而且注重文化内涵。这是一次贯彻落实党的十九大精神，中国文化走向世界，讲好中国故事的具体行动。为了复兴中国文化，担当新时代使命，中国记录通讯社、记录国际文化有限公司、四川汉轩堂文化传播有限公司、北京新文会等单位进行了精心策划、周到安排、辛勤劳作。本次活动得到了海外华文传媒协会、世界华文大众传播媒体协会、国际中文记者联合会、国际华文媒体联盟、世界华文媒体合作联盟、中日新报新闻社等海外机构的支持。

参加本次决赛的选手,既有年过花甲的长者,也有刚满 9 岁的少年。许多参赛选手的歌舞、演讲、书法、表演才艺达到专业水准,可谓是老少同堂、共担使命。选手通过自我介绍、服装展示、才艺表演等多个环节的竞赛角逐,一、二、三等奖各归其主。

建华应邀即兴致辞,向参加决赛的形象大使们提出了“三要三不要”的建言。

一是要担当使命,不要畏惧困难

中国形象大使是一个美丽而高尚的称号。一个合格的国家级形象大使需要担当使命。什么是使命,使命不同于一般的职业和工作,而是要抛弃名利,甚至生命去追求的梦想。纵观历史,有使命担当的人大都如此。先圣孔子是这样,亚圣孟子是这样,墨家创始人墨子也是这样,他们为了传播儒家和墨家思想历尽艰辛,甚至置生死于度外。

新时代赋予我们新的使命,我们要让中国文化走向世界,要讲好中国故事,让世界了解中国,让中国影响世界。中国之所以由舞台边缘走向舞台中心,靠的就是中国文化。我们国家领导人提出的构建人类命运共同体的理念,已经被载入联合国宪章,得到了全世界绝大多数国家人民的赞同。

我国提出的“一带一路”构想得到了许多国家积极响应。“一带一路”的重要举措是“五通”,即道路联通、货币流通、贸易畅通、政策沟通、民心相通。人心如何相通?就是要通过文化的传播来相通。我们的形象大使工作不仅限于国内,而且要努力走出去,到世界舞台上去传播中国文化。这就是我们的使命,这就是我们的梦想!

二是要充实内涵,不要倚靠颜值

我们高兴地看到,经过层层选拔出来的参加决赛的选手都是帅哥美女,颜值很高。爱美之心人皆有之,高颜值更容易被别人接受和喜好,走在大街上会赢得更多回头率,在人生路上遇到的绿灯可能会多一些。在这里我想说的是,形象大使们不能倚靠外在颜值,而是要注重充实内涵。

古人说"腹有诗书气自华",意思是当一个人内涵充实、腹有诗书时的美丽是一种由内而外的美丽,而且这种美丽会经得起岁月的洗礼,持久而悠长,如田华、秦怡、董卿。有鉴于此,建议形象大使们要努力学习、充实内涵。中国文化博大精深、丰富多彩,可以选择自己喜爱的一些领域深入研究、认真学习,并且持之以恒。水滴石穿,必有所成。

三是要勇于实践,不要限于空谈

古人崇尚"知行合一"的理念,不仅看重怎样说,而且看重怎样做。梦想再多,如果不行动永远无法实现。作为形象大使,展示形象和才艺固然重要,而通过身体力行践行传播理念、弘扬文化更加重要。有的形象大使,因为不注重细节,会遭到万民唾弃。

我们要自觉地将仁、义、礼、智、信、忠、孝、廉、俭、让等文化内化于骨髓,外化为行动。在职场里要忠于职守、敬业爱岗、团结同志;在社会上要投身公益、和睦邻里、见义勇为;在家庭中要慎终追远、尊老爱幼、履行孝道。要将中国形象大使的美丽绽放到每一个地方、每一个时刻,无愧于中国形象大使的光荣称号!

经典与国粹融合　灵魂与脚步同行

——为《弟子规》读本作序

我与冯祺先生相识十年有余。他一直在探索文化产业化、产业文化化，曾进行过多种尝试，收获了许多经验与成就。近年来，一个具有国际化思维、注入跨界发展理念、利用互联网技术将中国传统文化启蒙读本和中国书画国粹融合植入涉外酒店的构想正在生根发芽。

丙申年春夏之交的一天，他带着由书法家王刚先生以欧体书写的配有经典故事的《弟子规》读本初稿与我相约交流，阐述了近年来所做的探索和未来的梦想，并嘱我为《弟子规》读本作序撰文。本人自知才疏学浅，难担重任，但推辞不脱，只好恭敬不如从命。

《弟子规》为清朝康熙年间秀才李毓秀所作启蒙读本，根据《论语》旨意，列述弟子在家、出外、待人、接物与学习上应该恪守的守则规范，共有360句、1080个字，三字一句，两句或四句连意，合辙押韵，朗朗上口。《弟子规》在我国可谓家喻户晓、流传广泛、影响深远。

在中国传统文化复兴的当下，各种《弟子规》读本被摆上书架、《弟子规》培训班到处开课。《弟子规》热犹如夏日骄阳一样辐射华夏大地。冯祺先生别出心裁地传播《弟子规》的创意将会一枝独秀，受到海内外读者欢迎。

人类四大文明（古巴比伦文明、古埃及文明、古印度文明和中华文明）中其余的三大文明早已中断消失，唯独我中华文明连绵不断并日渐复兴。一种文化（文明）之所以流传久远，必定有它的强大生命力和健康基因。

我国古人非常重视孩童的孝道教育、人格培养、规矩恪守。这些文化和基因成为中华民族和谐稳定、国家持续发展的精神滋养。

经过30多年的改革开放，我国经济获得了快速持续发展，已经成为世界第二大经济体，然而道德下滑、诚信丧失、环境污染等问题广受人们诟病，弃老虐老、制假造假、电信诈骗等乱象增加了人们的危机感。如何使我们的灵魂与脚步同行，经济发展与社会和谐统一，快速发展与持续发展相伴，不仅需要放眼世界借鉴全球最佳实践，而且需要从中华优秀传统中汲取营养古为今用。

青少年是祖国的未来。习近平总书记十分重视青少年道德品质的培养及核心价值观的形成和确立。他有一个生动形象的比喻：就像穿衣服扣扣子一样，如果第一粒扣子扣错了，剩余的扣子都会扣错。人生的扣子从一开始就要扣好。

在经济全球化不断深化的今天，青少年在重视数理化、外语、计算机、互联网等知识学习的同时，要注重品德教育。“德者，本也。”蔡元培先生说过：“若无德，则虽体魄智力发达，适足助其为恶。”道德之于个人、之于社会，都具有基础性意义，做人做事第一位的是崇德修身。《弟子规》的流行虽已经历了300多个春秋，时代已经发生了很大的变化，有些内容可能不合时宜，但多数内容是历久弥新、具有生命力的,值得青少年学习研读、吸取营养。尤其是本书中的欧体书法属于国粹,如果读者能在研读之余临习书法,不失为一件雅事。另外,值得注意的是学习《弟子规》要得其精髓、吸取精华,切忌食古不化、拘泥陈法、生搬硬套。

"弟子"是一个多义词,并非专指孩童,其实我们每个成年人又何尝不是弟子。《弟子规》在遭遇百年冷遇之后,也值得成年人学习、研读与践行。

我国孔子的"己所不欲,勿施于人"之所以耸立在联合国总部得到全世界人民的认同,是因为人同此心、心同此理。人类具有普世价值与文化。《弟子规》也将和《论语》《孙子兵法》等经典一样受到世界各国有识之士的青睐。同时,《弟子规》和集韵增广的《增广贤文》一样是一个开放系统,期待我们补充新规、谱写新篇。

实现中华民族伟大复兴的中国梦,弘扬好中国文化、讲述好中国故事、传播好中国声音需要中华儿女献计献策、添砖加瓦!为冯祺先生和他的团队的义举点赞!

会当凌绝顶

——写在东岳集团成立三十周年之际

齐鲁大地是产生圣人的地方，曾出现思想不仅泽惠华夏，而且影响世界的诸子：孔子、孟子、墨子、孙子等。今天，齐鲁大地上涌现出了一大批优秀企业和企业家，其中东岳集团和张建宏可被称为翘楚。

建华两年前有幸走进东岳集团，聆听了张建宏创业和发展东岳集团的动人故事。东岳集团之行令人肃然起敬、难以忘怀。更让人可喜的是30年前的苦难化作了辉煌，并且不断传来东岳集团的好消息。

东岳集团是中国民营企业改革发展、科技进步、管理创新的恢弘教科书，值得人们认真阅读。人们常说：科技和管理是企业发展的双翼，只有双翼协力奋进，企业才能稳健、快速发展。张建宏宏图在胸，不断推进科技进步，在30年的时间里完成了农耕文明、工业文明和信息文明的历程，现在正向工业4.0挺进，将高端的膜技术推向了世界级水平。他们在推进技术进步的同时，不断追求管理革命。新近面市的《管理的革命》一书，记载了张建宏领导东岳集团推进管理革命的缘起、经历、内容及体会。这本书将为读者带来深刻的启迪，尤其以下三点弥足珍贵。

一是“知难行易”的理念。“知行合一”是我国古人倡导的理念。今天的东岳人着重强调“知难行易”理念。因为今天的世界发展变化实在太快，这个理念强调的是观察世界的敏感性。“温水煮青蛙”的悲哀在于青蛙缺乏对未来世界的敏感。张建宏30年来始终处于警觉的状态，不是到了企业生存困难时才开始革命，而是在发展良好的背景下主动推进管理革命。实践证明，只有认识到了的事情才有可能做到，认识不到的事情肯定做不到。

二是虚心学习的品质。被古人誉为半部即可治天下的《论语》的首句是“学而时习之，不亦说乎”，即把学习与实践当作一件快乐的事情。是否快乐，取决于心境。自满的人是不愿向别人学习的，谦虚的人才乐意向别人学习。据东岳集团党委副书记、副总裁李玉文介绍，为了推进管理革命，张建宏带领东岳集团管理团队历时几年，深入台塑、华为、宝钢、江森等企业学习取经，足迹遍及大半个中国，广泛听取专家意见，引进先进管理理念与模式，找到了学习的目标、方向、方法和路径。他们“采得百花酿成蜜”，在东岳集团实施后，取得组织架构调整、运行模式改革、管理方法改进、人力资源优化、信息化自动化提升、安全水平和员工环境改善的革命成果，获得了运行顺畅、减员增效、良性发展的显著成效。

三是天下英才为我使用的胸怀。当年偏居西北并且国力较弱的秦国之所以能够灭亡六国一统中华的原因有许多，但后世公认的是几代秦王以博大的胸怀重用来自他国的百里奚、蹇叔、商鞅、李斯、吕不韦、白起等文臣武将。当今的企业尤其民营企业，能否以博大胸怀重用天下英才是决定企业兴衰成败的重要因素。东岳集团能够在诸多领域尤其膜科学领域取得骄人成就,是因为张建宏重用了许多顶级专家,将他们的潜力发挥到极致,如上海交通大学教授、东岳集团首席科学家张永明在膜科学研究中遭遇困难和挫折的情况下,对其持之以恒地支持与投入,更难能可贵的是以心交心,感情投资。又如,具体操盘管理革命的李玉文原为政府公务员、中国作家协会会员,张建宏欣赏李玉文的人品与才情,李玉文羡慕张建宏的善愿与事业,两人相见恨晚,一拍即合。李玉文毅然放弃当下人们趋之若鹜的公务员岗位,投身到了东岳集团的旗帜下,成为张建宏的得力助手,也使他的人生价值得到了升华。

太阳每天都会从东方升起。东岳即泰山,东岳集团正如诗圣杜甫的名句"会当凌绝顶,一览众山小"。我们有理由相信,具备了科学理念、谦虚品质、博大胸怀的张建宏带领的东岳集团将会在未来创造更多的中国神话,将会福泽芸芸众生!

春兰芬芳

沈春兰,别名沈少鹏,一位美丽优雅的杭州女子。她出生于1964年的春天,自小受到爸爸、妈妈、爷爷、奶奶的钟爱,被长辈视为掌上明珠。长辈们对她寄托着美好希望,希望她传承家庭文脉,像鲲鹏一样展翅云天。长大后的少鹏姑娘聪慧独立、向往幽静,尤其对深山的春兰情有独钟。她羡慕兰花的品质,不因无人欣赏而不吐芳,于是在征得父母同意后改名为春兰。她愿像春天的兰花一样将芬芳撒满人间。

春兰出身于书香门第。爷爷和爸爸熟读经史子集,精熟于国粹书法,家庭充满着翰墨芳香。春兰的身体里遗传着传统文化的基因,6岁便坐于爷爷身旁学习玩耍,自幼在爸爸的耳提面命下练习书法。因深受家庭熏陶和耳濡目染,她遂与书法结下不解之缘。

春兰对书法钟情痴迷,她刻苦学习古今书法理念,遍访名家大腕,勤奋泼墨临池,坚持寒暑不辍。为进一步提升艺术素养,春兰先后参加了中国美术学院高级书法进修研修班、中国美术学院书法篆刻专业班、中华人民共和国文化部高级书法研修班学习深造,先后获得中国人民画院院士、中国人民画院会员、中华人民共和国文化部高级书法家、中国书法家学会会员等众多资质和荣誉称号。

春兰遍临二王、颜、欧、柳、赵、张迁、曹全、乙瑛、金农等名家法帖,尤其喜好于任佑先生的书体,勤练20年而不释手,基本达到乱真地步。春兰的书风以粗犷拙朴而著称。观其字,难以相信出自一位娇小女子的纤手。真可谓是纤手挥椽笔,劲书惊世人。

春兰在墨海砚田勤奋耕耘、硕果累累,曾荣获"第四届中国廉政文化书画展——习近平引经据典主题展"优秀作品奖、G20峰会长江书院作品奖、中国美院作品奖。其作品为文化部、艺术界、社会名流、民间艺术家、海外人士所高度赞赏与收藏。

春兰的书法艺术全面丰富,不仅篆、隶、楷、行、草皆精,而且篆刻功力深厚。艺无止境,2016年以后春兰又发力绘画领域,以海绵挤水的精神挤出时间参加了为期半年的杭州绘画进修班,并背着画板外地写生。春兰凭着深厚的书法功底,融会贯通于绘画之中,加之其勤学苦练,使画艺获得长足进步。她的荷花作品在美院荷花展中脱颖而出,获得大奖。

"一花独放不是春,百花盛开春满园。"春兰在深造修炼自己书画艺术的同时,早在10年前就构筑了心中梦想。她呼朋唤友从事书画教育工作,为弘扬书画艺术高筑杏坛,培养新秀。她还成立了杭州富阳兰缘教育咨询有限公司旗下的好古文化苑院,并亲任院长,为弘扬国粹、开创书画新境界而努力。如今已有几百名书画爱好者受教毕业于好古文化苑院,这些学生像兰花种子一样绽芳于江浙山水、飘香于神州大地。

在实现中华民族伟大复兴中国梦,文化复兴、书画繁荣的春天里,我们相信:这朵美丽的春兰,将会散发新的芬芳!

一本引领风骚的文化杂志

有一位伟人曾说过："愿意的人，命运领着走，不愿意的人，命运拖着走。"

在互联网改变世界，重塑人们阅读习惯，平面媒体竞争白热化的当下，《中外企业文化》杂志却越办越好，品质不断提升，影响力越来越大，并且一举跃升为国家级学术期刊，可喜可贺！

建华作为该杂志的特约编委，见证了该杂志前行的足迹和编辑、记者们的心路历程。这本杂志的成功可以简约归结为以下几点：

一是超前定位。一本省市级的地方刊物，几年前就占领了《中外企业文化》高地，为中国文化走出去，传播中国文化、讲好中国故事赢得了先机。

二是关注热点。近年来我国文化领域热点都成为该杂志封面文化，并浓墨泼洒，对读者有高屋建瓴、引领航向之功效。

三是名人效应。该杂志周围团结了一大批文化领域的知名专家、学者。尤其是中宣部原常务副部长徐惟诚先生为本杂志撰写"卷首语"长达几年之久，每期的精品力作吸引了海内外许多忠实粉丝。

四是服务基层。该杂志编辑、记者之所以有着浓厚的亲和力，是因为他们能够想企业之所想、急企业之所需，他们积极跨越边界，联合国内外企业开展了一系列企业文化建设活动，好评如潮。

一本杂志的成功肯定会有成功的理由，该杂志的成功远远不止这些。期待《中外企业文化》杂志不忘初心，开拓新境！

岁月流芳篇

人们向往真善美，因此，真善美的人和事保鲜期会长久，岁月流逝不减其芬芳。

本板块呈现了化学工业部原副总工程师、我国国防化工功臣孙铭女士儿子和儿媳的追忆；建华高中毕业 45 年后同学聚会的侧记等文章。分享这些文章，会使同代人产生共鸣，对那个熟悉而又艰苦的年代会倍感亲切，使读者朋友感悟到奋斗美丽、芳华美好！

母亲是一个这样的人

——孙铭儿子儿媳的深情追忆

原化学工业部党组做出向孙铭同志学习的决定虽已 30 多年了,但她为祖国做出的卓越奉献,人们永远不会忘记。建华在 2016 年 4 月的一个周日,对孙铭同志的独生儿子萧涵和儿媳李玲进行了采访。探究孙铭是一位怎样的母亲、一位怎样的女性,下面听他们深情道来。

母亲是一个热爱生活的人

在同事们的印象中,孙铭是一个不注重穿着打扮,学习刻苦、知识渊博、做事干练、少有闲聊的另类女性。

儿子萧涵说,母亲不仅会学习会工作,而且也很热爱生活。母亲喜欢唱歌,经常在家里吟唱当时流行的《智斗》《杜鹃山》《望断秋水》《蔷薇》《喀秋莎》等中外经典歌曲、戏剧。母亲身上传承着浙江绍兴人的基因,嗓音很甜美。他小时候特别喜欢听母亲唱歌。母亲在学生时代还是文学青年,有着深厚的古文底蕴,古体诗写得很好。母亲曾经是学校的文艺宣传骨干。

萧涵还记得，由于自己小时候喜欢看电影，母亲尽管工作很忙，却总是尽量挤出时间陪自己看电影。他们看过的电影有《平原游击队》《不夜城》《林家铺子》《海港》等。

有一件事，年近花甲的萧涵至今仍觉得留下遗憾。有一次母亲陪他看《红旗谱》，母亲被电影中主人公的精神所感动，而他没有看完就不想看了，吵着要回家。母亲却很想看完，在他的催促下很不情愿地提前离开了电影院。后来《红旗谱》改编成了电视连续剧，家里的电视机效果不好，母亲也没有看成。母亲去世后，请人帮忙维修电视机，原因是天线螺丝松动接触不良，紧了紧螺丝就好了，他非常后悔没有早点把电视机修好。另外，在母亲去世后不久，《红旗谱》电影和小说也放映和出版发行了。

根据儿媳李玲追忆，婆婆一心扑在工作上，生活比较简朴，偶尔也会下厨做菜，有几个菜做得很好吃，尤其是鸡蛋卷做得很好吃。他们至今回味无穷，口有余香。

母亲就像一台“永动机”

萧涵说，母亲少时聪颖，学习刻苦，19 岁就提前大学毕业参加工作。正值新中国成立初期百废待兴需要人才之际，母亲承担着一个又一个重要任务。她始终怀抱感恩之心，树立报国之志，以满腔热情百倍努力投身于工作，尤其是在化工部第六设计院负责国防化工产品重水研发期间，面临技术短缺、生活艰苦、任务繁重的困难，夜以继日地学习研究、计算画图、深入现场，每天休息的时间很短，吃饭也是将就，实在困了就在工作现场打个盹，眼睛一睁开就接着干。国防化工重大专项任务一个一个如期完成，离不开母亲和她的同事们的顽强拼搏和奉献精神。

李玲说，婆婆担任化工部副总工程师后，无比感激组织上的信任，深感责任重大。当时正值各地大力建设化工项目，扩大对外技术交流合作时期，婆婆负责的工作千头万绪，一年中大部分时间在国内外出差。公公萧成基也是化学工程方面的知名专家，工作也很忙。他们有时很长时间见不上一面，常常通过互留书信传递信息，表达问候。婆婆的工作日程总是排得满满的，从外地出差回来，在沙发上打个盹，醒来后连夜加班把出差报告写出来交给领导。据婆婆的同事介绍，别人出差坐火车时大都作为休息和娱乐的时间，婆婆则把火车当成办公室，大多数会议讲稿是在火车上完成的，并且质量非常高。

许多同事介绍，孙铭是特殊材料制成的人，娇小的身材充满着激情和能量，为了国家的事业总有使不完的劲。

母亲在病床上做出了新的学习计划

孙铭同志是同行公认的化工理论和工艺实践的专家。她将作品写在了大地上，镌刻在了“两弹一星”的腾飞上。她却没有时间整理出版自己的专著，留下了一大遗憾。

据萧涵回忆，母亲生病住院后，没有过度悲观，她仍然对恢复健康、继续工作充满着信心和希望。她在病床上做出了今后的工作和学习规划，一是要收集整理发表过的论文，撰写工作实践体会文章出版一本专著，以资后人借鉴；二是把《化学过程和设计百科全书》英文版翻译成中文，以利后人在工程设计中使用；三是开始钻研德语提升水平。她让他们找了一些德语书籍带到医院，在治疗期间一有空就发愤学习。她虽然精通英语、俄语、日语,但她认为德国是一个思维缜密、工作严谨的国家,今后中国的化学工业要多向德国学习。她正好利用住院难得的清闲补补德语课,以备今后翻译德文资料及考察德国之用。

萧涵说到动情之处热泪盈眶,声音哽咽。他说,没有想到病魔太无情,留给母亲的时间太短太短,给他们带来了无限的悲痛,也给母亲留下了永久的遗憾!

父亲对母亲情深似海

孙铭与爱人萧成基相爱于学生时代,他们可谓是志同道合、比翼双飞。萧成基家学渊源,不仅写得一手好书法,而且诗词古文很有造诣,深厚的文化孕育了他的人格素养。萧成基的化学理论功底非常深厚,在化工行业享有盛誉。为了成就爱妻孙铭,他更多的时候甘当配角。当孙铭有需要时,萧成基则会夜以继日地帮助查阅资料,妇唱夫随。

萧涵回忆说,母亲的早逝给父亲的精神造成沉重打击,他把那份思念和爱倾注在了他们和孙女身上。

母亲逝世后,曾有不少好心人为他介绍老伴,但都被他一一拒绝。他说,我这一辈子心中只有孙铭,装不下任何其他女性。每年的清明节或母亲的生日、结婚日、忌日,他都会到地处香山的万安公墓金区农组的孙铭墓前坐上半天,与长眠九泉的爱妻交流心声、寄托哀思。母亲逝世后,父亲与他们一起生活了 20 多年。父亲于 2007 年 6 月 1 日病逝,根据他的遗言,父亲逝世后与母亲合墓同眠。

祝愿他们来世再续姻缘,共创伟业!

流逝的是岁月　凝结的是情谊

——虬津中学第一届高中毕业同学聚会侧记

人是社会关系的总和。在人际关系中有一种关系叫同学。同学关系建立的基础是相同的时代背景、相同的校园生活、相同的学业内容、相同的授课教师，以及大致相同的年龄。因此，同学是一种特殊的关系，虽无血缘，但有业缘。同学是人生路上的重要伙伴。

2017 年 7 月下旬，我被拉进了“怀念那一段岁月”微信群，从群里得知副班长余保安和曹正明、江龙胜等同学在筹备拟在 8 月上旬举办的虬津中学首届高中毕业同学聚会。他们希望我能够参加，我当即表示一定参加。

45 年，在人类的历史长河中不过一瞬间，而对于多数人来说相当于人生半程。45 年，不仅时代发生了重大变革，人生也走过了青年、中年，进入花甲，两鬓染霜。

有一位同学在微信群里发了一张拍摄于 1973 年的“虬津中学第一届高中毕业师生合影”照片，同框的 60 多人，有一些可以认出，多数难以辨认，甚至连哪一个是自己都难以辨别。岁月的风霜无情地淡化了脑海中的记忆。

我因上学较早,14 岁就读高中,在班上年龄最小,多数同学比我大两三岁,甚至有些同学大我四五岁。由于我身材矮小,一直坐在第一排。

那时的学校叫虬津“五七”中学,缘起于响应毛主席“五七”指示,由贫下中农管理学校,原任下洲大队党支部书记邓普生调任虬津“五七”中学党支部书记主管学校。每个学期,大半时间在课堂学习文化知识,小半时间参加种田、种地、植树等社会实践。学校老师大多由下放在当地的老师组成。其中,不乏来自省城名校的知名教师,如语文老师邓英成上课时条理分明、引人入胜,培养了同学们对语文的兴趣,至今同学们还交口称赞。邓老师后来调回南昌中学任教。据余保安同学回忆:“邓老师的记忆力非常好,我和爱人 1978 年下半年到南昌看望他,因我不知他住哪一套房子,我在外面喊了几声邓老师、邓老师,邓老师就在里面叫出了我的名字,令我十分感动。”也有些老师属于茶壶里煮饺子,肚子里有学问但表达不出来,同学们缺乏学习兴趣,结果影响了整班同学某些学科成绩。可见,一个老师的素质如何,会影响一代又一代的学生,因此,人们说,老师是太阳底下最伟大的职业,此非虚言。

我们班的 50 多位同学,大多来自农村,少数来自城镇。20 世纪 70 年代初期,中国经济受到冲击,农民原有的自留地都被收归生产队,面朝黄土背朝天的农民自家吃菜都成为难题。农民家家要养猪,却无宰杀权,首先要完成上交国家的养殖任务,然后归集体分配。农民一年之中只有过春节、端午节和“双抢”(抢收抢种)时,生产队才统一杀猪,按人口每人分配一两斤猪肉。那个年代,吃肉对于农民来说是一件奢侈的事情。对于我们这些正处于长身体阶段的青少年来说，听说有肉吃，会提前高兴好几天。

我们那时都为走读生，中午一顿饭是自己带米在学校大屜笼里煮饭。下饭菜或用小玻璃瓶装些豆腐乳、盐菜，或花一两分钱在小卖店购买什锦菜或打点酱油泡饭，如若有点猪油酱油泡饭当是美味佳肴。我们对生活清贫习以为常，环视四周，大家都是如此，也就心生平慰。

我家离学校大约两公里路程，每天早上上学，傍晚放学全靠双脚丈量，回到家里还要帮外公外婆干些家务活。那时也不像现在有计步器，我想每天行走的步数不会少于两万步，长期的劳动锻炼了矫健的身手。我们上学途中有一段公路，不时有汽车和拖拉机驶过。我们几个同学为了节省脚力，尝试着爬拖拉机。经过长期锻炼，我们这些野蛮生长的少年练就了一套冲刺、搭手、攀登、上车、下车的本领。有些司机发现有人爬车会使坏，不仅加快速度，而且左右摇摆，以便摆脱爬车者，不用负责是否发生交通事故。在爬车的整套动作中，要数下车最难，稍有不慎可能会出现危险。值得庆幸的是，我在爬车的过程中没有出现过安全事故。少年时代的锻炼，增强了自信和体魄。我在成为化工部星火化工厂职工时，在厂职工运动会长跑比赛时，曾经荣获 6000 米长跑冠军，纸张发黄的奖状至今仍然保存在箱底，那是一个有着 3600 多名职工的大厂，在不少职工来自转业军人的工厂里能获得长跑冠军并不是一件容易的事情。另外，我在 2016 年中国化工博物馆举办的奥林匹克公园 5 公里长跑比赛中获得中老年组第一名、全馆第二名的好成绩。馆领导给我颁发了奖品——一个计步器。能取得长跑好成绩，源于青少年时奠定的基础和平时的锻炼。

当时我的高中同学,年纪大的20岁左右,正处于青春萌动和精力过剩期,记得我们班的篮球队有曹正明、阳金水、雷炳龙、孙世明等一批高手,不仅常常在校内比赛、表演,而且不时与附近的单位打比赛,胜多负少,远近闻名。

那时的校园非常保守,男女同学之间基本上不说话,即使说话也会害羞脸红。我和后排的女同学谭小平同窗两年,总共没有说过两句话。也有个别思想前卫的男同学对女同学表达过朦胧的爱意。而同学中最后成为夫妻的只有一对,这一对夫妻奠定爱情基础也是在毕业之后。

我当年属于少不更事的小不点,属于社会活动和风月故事的局外人和边缘者。不过局外人和边缘者也有其利,因此少了几分躁动,多了几分安静。我的学业存在偏科,数学属于短板,语文尤其作文显示出一定优势。我偏爱成语,那时的课外书籍缺少,对好不容易得到的一本成语词典爱不释手,韦编三绝。记得一次与陈崇海老师玩成语接龙游戏时,我居然占了上风,也许是崇海老师有意让我,以增强我的自信,但对我来说真的增强了自信。我的作文写得认真,常常受到老师的鼓励。那时种下的文学种子在日后得以发芽、生根、开花、结果。加之我参加工作后的岗位大都与文字有关,在职业生涯中点燃了我的作家之梦。我于2007年成为中国化工作家协会(隶属于中国作家协会的省级作协)理事,2013年成为中国报告文学学会会员,2015年有幸成为中国作家协会会员,实现了我的作家梦。我先后出版10多本专著,在媒体上发表文章两三百万字。这些成果的取得离不开学生时代播下的种子、构筑的梦想。

那时，因受“文化大革命”影响，大学停止招生，阻断了我们这些同学高中毕业后上大学的路径，全部走向了“社会大学”广阔天地，寻找着各自的人生坐标，在时代大潮的裹挟之下践行着不同的人生之路。

往事如烟，纸短话长。

我决定回老家虬津参加45年后的同学聚会，提前与保安副班长取得联系，要来了他接收快递的地址，后委托知识产权出版社田姝编辑快递50本我最近出版的散文集《静夜思》，送给每个同学一本。为什么要选择《静夜思》呢？因为这本书的最后一章“天伦之乐”，选择了我近年来撰写的有关凡宝、禹宝隔代教育的故事，我想对于这些做了爷爷、奶奶、外公、外婆的同学是值得分享的。

同学们了解到我是文化部高级书法家、中国书法家学会会员，希望我在聚会期间为同学们现场书写书法作品。我为此准备了白、黄两种颜色的宣纸，自带了毛笔、墨汁、印章，要认真向同学们作一次书法汇报。

2017年8月4日晚，我和爱人金凤带着小凡宝从北京西站登上前往江西老家的火车，开始了同学聚会的旅程。晚间我在火车上浮想联翩，即兴吟诵了一首《参加高中同学聚会感怀》表达情怀：

车轮滚滚向南行，四十五载如烟云。
当年青葱涉世浅，如今白霜染发鬓。
岁月艰苦励壮志，时代变幻和涛音。
俯仰无愧梦亦好，幸福生活启航程。

5日早晨，胡平老弟从九江站接上我们回到永修，见到了老父亲和弟弟妹妹们。对我们的到来，他们非常高兴，但酷暑炎热之际我们从北方来到南方的逆向旅行出乎他们的意料。当他们得知我特意为参加45年后的高中同学聚会而来时，他们为此点赞。

车辆路过我的出生地虬津时，这里早已旧貌换新颜。我有感而发留下《故乡虬津》纪之：

我的故乡称虬津，修河回眸独钟情。
土地肥沃丰物产，民风淳朴垂汗青。
增广贤文口相传，道德仁义风盛行。
改革琴弦奏雅韵，复兴华章又日新。

我们的聚会安排在虬津大酒店举行。老班长易全根早早地在酒店门口迎接同学。来自大江南北、长城内外的同学陆续汇聚。有些同学为毕业后首次见面，当年风华正茂的小伙子、大姑娘，如今都已年过花甲、鬓发染霜。老同学见面分外高兴，互致问候，共话当年，许多鲜为人知的故事解密外宣，不时引来一阵阵欢笑声喝彩声。这次聚会盛邀了班主任张丹彪老师。张老师八十有一，身体健康，仍然在为教育事业发挥余热。

江龙胜同学应邀主持聚会，丹彪老师、全根班长、保安副班长、谭小平同学先后致辞发言，我作为远道而来的代表被邀请发言，在会上朗诵了《参加高中同学聚会感怀》诗句，解读了感怀与祝福。我还代表全班同学向张丹彪老师赠送了我书写的在北京荣宝斋装裱的毛泽东诗词《沁园春·雪》书法作品。张老师对我的书法作品给予了高度评价。

晚上同学们开怀畅饮，共叙友情，久久不肯离去。

我们这届同学都很优秀，曾经在三农建设、教育战线、工矿企业、公务员岗位上做出了较好成绩。尤其值得庆幸的是在市场经济大潮奔涌、泥沙俱下的环境中同学们不忘初心、淳朴厚道、忠于职守、廉洁奉公，没有出现违法犯罪的败类。

我以《同学相聚》为题抒发了感言：

八方同学聚虬津，共话当年校园情。
开怀畅饮一杯酒，美好祝愿遏白云。

8 月 7 日，安排同学们畅游庐山西海，还给我安排了一辆轿车，让我当了一次司机。吴恒水、陈德田、陈联黄、沈有胜同学与我同车。他们发出感慨，45 年后建华同学当司机为我们开车是一件开心的事情。

同学们顶着如火骄阳，观赏西海、合影留念。大家健步桃花尖，观赏黄金洞，一路聆听着一个个美丽动人的历史故事。大家沿着山路拾级而上，在绿树掩映的山路上，聆听着山鸟的鸣唱、小溪的欢歌、瀑布的豪言、栈道的沉吟，同学们用手机留下了一个个美丽的瞬间。健步的同学一个个汗流浃背，多数同学不畏山高路险，胜利到达黄金洞。遥望山下，西海千岛湖水天相连，山色空濛，湖光山色尽收眼底；近处山石陡峭、绿树如盖、翠竹摇影。好一幅美丽的大自然画卷，美不胜收。大家都为自己能登顶黄金洞而感到欣慰。其中，有不少同学是长期的健步者，关注健康、坚持锻炼被同学们当作生活中的铁律坚持不懈。

我以一首《游桃花尖》记录了当时的感悟：

庐山西海碧水清，桃花尖峰接白云。
历史故事传千古，美名远播诱游人。

下午，我应邀为同学们书写书法作品，根据同学们的姓名、职业挥毫泼墨，送出了“上善若水”“建功立业”“春华秋实”“清气若兰”“桃李芬芳”“田地丰收”“正气浩然”“福寿安康”“天道酬善”等一句句美好的祝愿。我为每位同学书写了一幅幅作品，大家非常高兴，对我的书法作品给予了鼓励与点赞。大家说我的赠书与现场书法为这次聚会有所增色。我陆续写了两三个小时，书写了40多幅书法作品，尽管有些劳累，但收获了开心愉快。

我以《翰墨飘香》为题吟诗一首，道出了当时的感受：

四十五载问候少，首次聚会心同欢。
深情挥毫赠寄语，翰墨飘香友谊长。

结束了两天短暂的聚会，同学们不得不挥手告别，我在九江火车站候车室吟诗告别同学：

首次聚会均开心，天公人间媲热情。
挥手告别道珍重，企盼来日传佳音。

有聚有散，天之常道。感谢组织者的付出，祝贺此次聚会圆满结束。两年之后再聚首，祝友谊长存，佳音频传！

义门世家源远流长　传统美德光大弘扬

——在故村义门世家祠堂落成典礼上的讲话

写在前面的话：建华应陈光才兄邀请，为江西永修县故村义门世家祠堂落成典礼撰写了主旨讲话稿。文中大力弘扬中国传统文化和美德，勉励义门陈氏后人继承传统美德，开创时代新风。此文受到陈氏后人赞许好评。

各位宗亲、陈氏后裔：

在春回大地、万象更新的日子里，我们迎来了故村义门世家祠堂落成，这是我们全体宗亲的一件大喜事，今天将值得我们永远铭记。义门世家祠堂的落成，在我们陈氏后人心中建起了一座精神殿堂、树立了一座文化丰碑，使我们有了精神源泉、有了心灵归宿、有了前进动力。

我们以义门陈氏后人为自豪。我们的先祖旺公在德安车桥风水宝地构建了道德高地、和谐家庭、辉煌文化，创造了“群婴喝奶不识母，百犬分食无争先。耕读合家十五代，圣旨分庄四千烟”的人间奇迹。义门世家受到多位皇帝嘉表。义门陈氏重视教育，投入巨资兴办了东佳书院，为国家培养了大批优秀人才，许多陈氏后人在朝廷担任重要职务，在科技领域取得卓越成就。义门陈氏还培养了许多忠臣良将，当国家有难之时挺身而出、舍生取义、精忠报国，留下了许多动人故事，激励着一代又一代陈氏后人。

我陈桥万福庄，先祖钟情于巍巍云山、滚滚修河，在云山之下，修河之滨定居乐业。我们的先辈奉行天人合一，道法自然，与山水为友，得万物之利，在此繁衍生息、兴旺家业、传播义风。我们陈氏后人见证了时代变迁，经历了战火苦难，沐浴了改革春风，迎来了繁荣盛世。

习近平总书记十分重视家庭和家风建设，多次强调："家风好，就能家道兴盛、和顺美满；家风差，难免殃及子孙、贻害社会，广大家庭都要弘扬优良家风，以千千万万家庭的好家风支撑起全社会的好风气。"我们陈氏宗亲为了贯彻落实习近平总书记关于加强家庭、家风建设的指示，以原红星大队党支部书记陈光才牵头，从2013年开始筹划、建设故村义门世家祠堂，全体宗亲积极响应，捐款出力，历时三载，参与筹建的族人呕心沥血、奔波劳苦，为此付出了辛勤汗水，做出了突出贡献。在此，我代表全体宗亲向他们表示衷心感谢！

另外，还有一些宗亲，为了把义门世家祠堂建设得更好，思祖报恩，慷慨解囊。在此，我代表全体宗亲向他们表示深深敬意！

我们建设故村义门世家祠堂就是要弘扬我们祖先的优良传统、继承我们祖先的传统美德，为家庭为社会传递正能量，弘扬真善美。

一是要履行孝道。百善孝为先。义门陈氏每个人都要知道从何而来，不用到处求神拜佛，父母长辈就是最大的佛。要想事业兴旺，先把父母长辈孝敬好，要对父母长辈孝养、孝敬、孝志，并且将优良传统传承给下一代。要想得到子女的孝心，自己先要对父母履行孝道。上行下效，命自我造，古今至理，人间大道。

二是要和睦邻里。远亲不如近邻。我们要珍惜邻居，邻居是搬不走的亲戚。邻里之间要互相爱护、互相帮助，营造良好的生活环境。在邻居遇到困难之时，要主动伸出援手，帮助渡过难关。要相信“积善之家，必有余庆”。

三是要传播仁义。仁义是我们义门世家的金字品牌。我们要弘扬义气，当做的事情要义无反顾，尽心竭力。我们要以仁爱之心处世待物、扶危济困、参与慈善、助人为乐。我们相信“爱出者爱返，福往者福来”。

四是要重视教育。增广贤文说：“有田不耕仓廪虚，有书不读子孙愚。”我们的先祖创办了我国第一所民间书院，十分重视教育事业。一个人的发展、一个家庭的兴旺、一个国家的振兴，都离不开教育。我们陈氏后人一定要重视自身的学习和子女的教育，在教育上要舍得投资，希望我们的后人人才辈出、桃李芬芳。我们将考虑设立义门陈氏教育基金，每年高考之后在祠堂举办庆学宴会，形成重教好学良好风气，激励更多陈氏后人好学上进。

五是要遵纪守法。家有家规，国有国法。我们陈氏后人首先要做一个遵纪守法的公民，国家法律禁止的事情坚决不做，有损公序良俗的事情坚决不为。每个陈氏后人要心存敬畏，要像爱护自己的眼睛一样维护义门世家的荣誉。我们心中要有家庭、有家族、有祖谱，做一个靠谱守法公民，为义门世家增光添彩。

六是要精忠报国。陈氏后人要弘扬社会主义核心价值，热爱祖国、忠于祖国、报效祖国。没有国就没有家，就没有我们的幸福生活。我们虽然岗位不同、职业有异，但我们的职责和操守是共同的。我们要在不同的岗位上为祖国做出贡献，尽到责任。当祖国需要的时候，我们要像前辈那样挺身而出，义无反顾。

希望通过此次祠堂典礼，唤醒我们的家族亲情，凝集我们的家族力量。让我们缅怀先祖，见贤思齐，做一个履行孝道、和睦邻里、传播仁义、重视教育、遵纪守法、精忠报国的义门世家后人。将我们的优良家风代代相传，使我们的义门世家繁荣昌盛！

谢谢大家！

人生感悟篇

人生需要读万卷书，行万里路。读书和行路是开拓视野、增长知识的重要途径。然而，人生不仅要读书、行路，而且要思考、感悟。正如圣人孔子所言："学而不思则罔，思而不学则殆。"学与思如人生增长智慧的双翼，当比翼双飞。

在本板块中，建华将一些流淌笔端的 10 多篇感悟文章收入其中。其中有注意孩子安全的《成长的风险》；有通过思维创新、不懈努力，代表中国化工作家协会参加中国作家协会会议由后台听众走向前台发言的《北戴河作协会议花絮》；有多行善事、施惠勿念的《施惠勿念——张海涛致谢引发的思考》；有如何在会议接近尾声听众缺乏耐心之时做好吸引听众发言的《分享"三个一" 同心著"史记"——在天津会议上的即兴发言》等文章。这些人生感悟将会给读者朋友带来有益的启迪。

成长的风险

2016年6月20日凌晨4时许,小禹庆从床上掉到了地上。一阵哇哇哭声把全家人惊醒,我们十分心疼,非常担心小禹庆受伤。

我们老家有句话:“丝瓜北瓜吊大,孩子摔大。”多数孩子都有从床上摔到地上的经历。摔跤是孩子的常态,尤其在学步时。孩子在摔跤时会做出应急反应,运气鼓劲,用手保护重要部位应对摔跤。孩子摔跤多为软组织受伤,并无大碍,不用过分担心。

小禹庆7个月刚过,这次摔跤是自己爬到床的另一头而摔到地上的。由小禹庆从床上掉下来,我思考一个问题,即成长会带来风险。

婴儿呱呱坠地,降生到人间时,只会手脚活动,身体是不会移动的,因此把他放在床上不用担心他会掉下去。

人的一生都在努力挣脱地球引力。孩子的成长过程由挪动身体到翻身、爬行、坐起、站立、学步、跑步、跳跃。整个过程都在围绕着挣脱地球引力而成长。人进入老年后,挣脱地球引力的力量逐渐减少,直到为零——生命终结,回归自然。

孩子天生有一种好奇之心，通过眼睛观察世界，通过小手触摸世界，通过嘴巴品味世界。随着孩子的不断成长，他的活动能力也不断提交，活动范围不断拓展，在获得新知识、开拓新视野的同时，风险也会不断增加。这是成长的代价，也是人性的禀赋，谁也不会因为风险而拒绝成长。

一个人是这样，一个企业也是一样。企业也是随着能力的不断增强，会不断扩大视野，积极走出去，融入国际市场主流，在走出去的过程中也难免遇到风险、受到挫折，但不能因为存在风险和挫折就因循守旧、故步自封。而是在经历磨难、品尝失败之后，更加自信，更加坚强，更加有力量，更加有作为。

小禹庆的这一跤，证明小禹庆在成长，祝福他！

关键时刻需要有得力的人

一天晚上，老家二姐夫突发疾病，二姐千呼万唤加上掐人中，折腾一个多小时都未能苏醒。无奈之下二姐才向外地的子女和亲戚发布求救消息。

我和金凤接到信息后，第一时间就电话通知老家的叶敏、建岗、熊华几位弟弟。他们分工合作，有的迅速赶往现场，有的联系县人民医院，有的准备现金。

我们最为担心的是二姐夫突发脑溢血，因他有高血压病史。据二姐说最近他老说头痛，浑身无力。如果是脑溢血的话，在转送医院时要格外注意，只能平卧，不能剧烈颠簸。

叶敏弟赶到现场后迅速联系120急救车，指引路线，并派人前往高速公路口迎接。

现场抢救井然有序。外地的外甥吕锋、外甥女华敏、内弟亨阳、道才兄等亲友心急如焚，电话那头传来西安外甥女华敏的哭声，我们尽力安抚，让他们放心。

时间不长，120救护车赶到家里，车上的专业医护人员实施了急救措施，为二姐夫插上氧气管，迅速抬上担架，直奔县人民医院。

在输氧的作用下，二姐夫的症状逐渐缓解，呕吐出腹内积食后意识慢慢恢复。到县医院后，立即启动急救程序，进行了多项检查，基本查清了致病原因。叶敏、建岗、熊华几位弟弟挂号交款、忙前顾后、安排有序。他们一直守护至深夜，待二姐夫病情稳定后才离开。

在北京的我们万分着急，通过手机沟通南北信息。经过一番抢救，二姐夫逐渐恢复了意识，与我们通了电话，我们悬着的心才算落了地。

吕锋、华敏分别从广州和西安赶回老家，二姐夫在医院见到儿女时热泪盈眶、感慨万千。看到转危为安的父亲，他们十分欣喜。

此次有惊无险的事件使我深刻地体会到，关键时刻要有得力人，要有理智处事、热心帮助、舍得付出的亲人。

现在家庭多为独生子女，且大多离开家乡远游他方，一旦老家有事，“远水难救近火”，需要身边的亲人朋友相互帮助、共渡难关。

上班后，我分别跟几位弟弟通了电话，对他们的辛苦付出致谢！他们都说不用谢，都是应该做的，我们兄弟在关键时刻理应挺身而出、鼎力相助。

多么好的兄弟！

施惠勿念

——张海涛致谢引发的思考

2016年2月3日晚,几个法务界的朋友小聚。中国化工集团一家下属公司的总法律顾问张海涛端着酒杯走到我跟前动情地说:“叶主任,我要真诚地感谢您!”

我说:“为什么要感谢我?”

海涛说:“我们领导跟我说了,当时公司准备解聘我。在征求集团公司监事部意见时,是您认可了我的工作,建议续聘我,才使我得以续聘。我没有辜负您的希望。去年公司并购倍耐力公司,我发挥了积极作用,得到集团公司领导肯定,被推荐为国资委系统优秀法务工作者。”

我说:“这是我应该做的,我主持集团公司监事部工作,就要主持公道,说公道话。关于续聘您的事,我从来没有对您和其他同志说起过。希望您再接再厉,发挥职业专长,为公司的发展做出新的贡献,这就是我的希望。”

海涛说:“一定记住您的话,继续努力,为维护公司权益发挥积极作用。”

海涛的突然致谢,使我感到意外,不禁唤起了我的记忆,也给我带来一些思考。

海涛是从我国最知名的律师事务所——金杜所引进的专业人才,按照人才市场价格支付年薪。起初两年,公司法律事务不是太多,而支付的薪酬比原职工高出不少,难免使一些职工有看法,所以在年度民主考核时得分靠后。这就是聘用公司拟到期解聘海涛的由来。

我于2013年8月任中国化工集团公司监事部主任,正值国资委对央企第三个法律目标考核周期。每三年一次,之前中国化工集团公司被评定为C级,属于比较靠后的级别。集团公司领导希望在此轮考核中通过努力提高级别。国资委的考核对集团和二级企业总法律顾问配备、三级企业法务人员数量及拥有企业法律顾问资质、经济合同及重大决策法律审核等有硬性指标规定。在任建明副总经理领导下,我们监事部围绕考核目标每月召开一次专题会议,通报情况,解决问题,推进工作。集团公司法律总监高洁、副处长李晓杰,及专业公司杜宏、张海涛、王英等总法和监事部领导为此做了大量工作。我们通过健全制度、梳理流程、引进人才、网络培训等多种措施,大大提升了集团公司法务工作水平。

我于2014年底转任集团公司一级调研员,到中国化工博物馆参与新馆筹备工作。由高洁女士接任监事部主任。

2014年底,经国资委严格考核,中国化工集团公司终于由C级提升为B级。当收到国资委文件时,任建明副总经理让高洁主任第一时间告诉我这一好消息,充分肯定我任监事部主任期间所做的工作、付出的努力。

在与海涛的接触中了解到,海涛性格内向,但业务很强,有大局意识,交给的任务能够努力完成。考虑到他从律师事务所到央企工作有一个适应过程,加之随着“走出去”步伐的加快,企业总法律顾问的作用会越来越重要。基于以上考虑,我坚定了续聘海涛的想法。

海涛发自内心的致谢,也给我以启迪。正如“增广贤文”教导人们“施惠勿念,受恩莫忘”。对于“受恩莫忘”已成为国人的文化理念,“滴水之恩涌泉相报”大家耳熟能详。而对于“施惠勿念”理念还需要进一步深化。

在现实生活中,仍然有不少把“施惠”当作买卖的现象。有些人为别人做了点好事、善事就希望立马得到回报,如得不到回报或回报来迟了就心有不悦。有些人为别人提供了帮助,说了好话就会立马告诉别人,生怕别人不知道。“增广贤文”有句是这样说的“为恶畏人知,恶中犹有善路;为善急人知,善处即是恶根”。这句贤文蕴含着人生哲理,体现了辩证关系。做了坏事恶事怕别人知道,证明良心未泯;做了好事善事急于想让别人知道就属动机不纯,与善良渐行渐远。

建华几十年的职场生涯,负责过不少重要岗位,向来与人为善、以诚待人,帮助过许多人,但从不记在心上。别人知道也好,不知道也罢,对我来说都一样。如果老惦记着反而会折磨自己,把它放下,反而轻松。

培养良好家风　健康社会细胞

家庭是社会的细胞。每个人都生活在家庭之中。个人的健康生活方式培养和民族素养提高都与家庭密不可分。我国自古就有重视家风建设的优良传统。诸葛亮、颜真卿、范仲淹、包丞的家风家训流传千古、流芳百世，不仅激励着本族的子孙后代，而且成为中华民族重要的精神营养。

习近平总书记非常重视家庭建设和家风培养。他在 2015 年春节团拜会上讲话时指出：不论时代发生多大变化，不论生活格局发生多大变化，我们都要重视家庭建设。中华民族自古以来就重视家庭、重视亲情。家和万事兴、天伦之乐、尊老爱幼、贤妻良母、相夫教子、勤俭持家等，都体现了中国人的这种观念。他在中国共产党第十八届中央纪律检查委员会第六次全体会议上强调：在加强党性修养的同时，弘扬中华优秀传统文化。领导干部要把家风建设摆在重要位置，廉洁修身、廉洁齐家。

习近平总书记的重要讲话，为我国家庭建设、家风培养、生活方式形成和民族素质提高指明了方向、明确了任务。社会各界都应当把家庭建设、家风培养列入重要日程，并且多措并举落在实处。建华认为培养良好家风、健康社会细胞应当在 5 个方面着手出力。

弘扬孝道文化，确立家庭之本

孔子曰："夫孝，天之经也，地之义也，民之行也。"意思是，日月星辰运行于天，春夏秋冬循环于地，这是天地间不变的法则，那么人世间不变的法则是什么呢？那就是儿女感恩和善待父母的孝道，孝道就是符合社会运行规律的道德行为。孝道是中国人的传统美德，对父母的孝敬应该说是对父母养育之恩的一种报答，今日我们对待父母的很多行为表现都受到传统孝道的影响。孝为德之本，教之所由生。"教"字由"孝"字和"文"字组成，古人造"教"字之意是教育的职能是孝之以文，让孝道弘扬天下，使孝行蔚然成风。古人十分重视孝道教育，古时孩童启蒙首先是孝道等品德教育，要求培养好了孩子孝道等品德之后，再学习其他技能。因此，孝道是做人之本，也是家庭之本。

孝道文化经历了历史变迁，纵观当今社会，孝道文化正在复兴，但也有一些地方孝道文化遭遇淡漠，一些人不孝养不孝敬父母长辈，不履行赡养义务，甚至"啃老"。在一些地方，吃得最差的、穿得最差的是老人，老人成为弱势群体。

我国是一个还没有准备好就进入老龄社会的国度。现在 60 岁以上老人 2 亿多，占总人口的 15% 以上。在政府和社会力量有限的情况下，家庭仍然是最主要的养老处所。因此，弘扬孝道文化十分重要、势在必行。孝道是一个家庭和谐、健康的根本。孝敬老人就是善待自己，谁都有老的时候。一个不孝养、孝顺、孝敬老人的家庭，不仅会矛盾丛生，而且会影响下一代，正所谓“上行下效”。一个不懂孝道的人会失去朋友、丧失人脉、影响事业，因为谁都不愿与一个不孝之子打交道，没有谁愿意重用忤逆之子。

敬业本职工作，体现家庭之责

家庭是在婚姻关系、血缘关系或收养关系基础上产生的，亲属之间所构成的社会生活单位，同时又是一个经济单位。每个家庭都应当有可靠的经济来源，经济基础在一定程度上决定着家庭的兴旺与幸福。一个靠举债度日的家庭很难奢谈幸福快乐。怎么巩固家庭的经济基础呢？应当是具有劳动和工作能力的家庭成员忠于职守、敬业爱岗、勤奋工作。

即使家庭富裕，也不能娇惯孩子，不能纵容孩子养尊处优、不劳而获。参加工作与劳动是一件光荣的事情。一个人的能力除了书本知识外，还离不开社会实践。工作与劳动是提高能力与素质的重要途径。

有“啃老族”的家庭，应当转变观念，讲清道理，摒弃溺爱，动员自己的孩子积极投身社会、工作劳动、自食其力、多做贡献。

家庭应当形成正确的价值取向，营造劳动光荣、工作可贵的风气，鼓励家庭成员奉献聪明才智，为祖国争光、为社会奉献、为单位添彩，这也是家庭的责任。

培养学习风气，奠定家庭之基

我国自古有重视读书学习的优良传统。《增广贤文》说：“积德百年元气厚，读书三代雅人多”“贫不卖书留子读，老犹栽竹与人看。”曾国藩云：“唯有读书可以转化气质。”康熙皇帝既是一位雄才大略的政治家，还是一位博学多才的科学家，他本人在自然科学方面的成就与贡献与历代帝王相比，可以说是前无古人，后无来者。他曾认真地学习了代数、几何学、地理学、地震学、天文学、医学、解剖学、农学、气象学等自然科学知识，重视科技的推广和应用，是一位好学博才的皇帝。“工人教授”窦铁成说：“一个人可以没有文凭，但不能没有知识和技能。”只有初中文化程度的窦铁成，立志要成为一名好电工。30 年间，他自学了大学专业课程，记下了 100 多万字的工作学习笔记。在年复一年的学习中，窦铁成的理论功底日渐扎实，成为让外国专家点赞的“工人教授”。

曾有学者断言：看一个家庭是否能够持续兴旺，就看他的子孙能否起早读书学习。学习是创新的基础，没有学习，知识贫乏何谈创新。一个家庭的持续兴旺，需要一代一代人刻苦学习、勇于创新。

要在家庭中形成学习的风气，家长要言传身教、做出榜样。现在有些地方风气不正，麻将成风、赌博盛行。有的家庭夫妻在麻将桌上比翼齐飞，于家不顾，曾上演因父母打麻将，饥饿的母猪吃掉儿子的悲剧。

读书学习应当成为家庭的一种生活方式和习惯。家庭成员应当比读书、比学习、比创新，并且将这种良好的家风一代一代传承下去，奠定家庭兴旺幸福的基础。

树立公益意识，种植家庭之德

慈善是中国文化的重要内容。好善乐施，是中国人的价值取向。中国古代有着悠久的慈善历史,许多善良人士面对天灾人祸,倾其所能,慷慨解囊,佳话久传。

史学家章学诚奋不顾身打死撕咬姑娘的恶狗,后来姑娘与他结成了一段传奇姻缘,好人得到了好报。邵逸夫先生在祖国的 30 个省、市、自治区共捐赠了 3800 多个项目,总计达 30 多亿元人民币。邵逸夫先生的捐款主要集中在教育领域,全国到处都能看到逸夫先生捐款建设的教学楼、实验室、图书馆,他因而受到千万学子的敬仰与祝福。江苏黄埔再生资源利用公司董事长陈光标在得知汶川发生特大地震后,做出了惊人之举,安排前往南京、安徽施工的 60 多辆工程车掉转车头开赴四川汶川现场救灾,仅在北川就从废墟下救出了 200 多个孩子。除了现场救援外,陈光标及其公司给灾区捐款千万,一路向灾民发放,成为美谈。

古人在如何处理个人财产问题上充满着人生智慧。《增广贤文》说:“良田万顷,日食三餐;大厦千间,夜眠八尺”,“鹪鹩巢林,不过一枝;鼹鼠饮河,不过满腹。”教育人们正确认识财富,豁达对待人生,当财富多了的时候,仅是一个数字而已,对于个人的生活是没有多大意义的,而应该奉献给社会,捐助给需要的人才使财富有意义。一个人在世上的理性消费是有限的。一个人从赤条条来到人世间到拥有巨额财富是一个自我满足的过程。当有了巨额财富之后,明智的人会取之于社会用之于社会,一般不会将巨额财富留给子孙。

有专家做过统计,世界上的富翁给子孙遗留的巨额财富平均在 15 年之内败落。祖上遗留的财富不仅没有给后代带来幸福,反而成了祸水,使后代深受其害。

做公益事业并不仅是有钱人的事,每个人都可以有所作为。不是只有大款、大官才能做好事、行善事、与人提供方便,其实每个普通人都有做好事、做善事、与人方便的能力。普通人至少可以做到“六施”:心施,就是敞开心扉,对别人真诚;言施,对别人多说鼓励的话、安慰的话、称赞的话、谦让的话、温柔的话;眼施,以善意的眼光去看别人;颜施,用微笑与别人相处;身施,就是以行动去帮助别人;座施,就是乘船坐车时,将自己的座位让给老弱妇孺等更需要的人。“不以善小而不为”,要把与人方便当作一种生活方式、一种习惯。思想决定行动,行动决定习惯,习惯决定性格,性格决定命运。

哲学规律告诉我们,有因必有果,有果必有因。我们与人方便,对人帮助,要拥有“施惠勿念”的心态。我们与人方便,对人帮助,主观上不是为了得到回报,是一种善心使然、一种习惯表达,希望得到回报就不是一种善念,而是一种交易、一种买卖。同时,如果存在想要及时得到回报的心理,那么大多会失落。与人方便客观上会得到自己方便。这就是“有心栽花花不发,无心插柳柳成荫”。因为中国人受“滴水之恩,当涌泉相报”文化熏陶,大都有善良之心。只要你把与人方便当作一种习惯,广种善良的种子,你就会喜出望外得到回报。

培育健康习惯,享受家庭之乐

身体是工作和事业之本。身体是事业、名誉、金钱、地位、友情等前面的1,没有了前面的1,后面的0再多也没有任何意义。

一个人身体好坏、寿命长短,不仅与遗传因素有关,也与生活习惯相连。家庭既是交流情感的驿站,又是饮食的场所。因此,培育家庭成员的健康习惯意义重大。饮食要做到一日三餐。一日三餐是老祖宗留下的传统,经过几千万年的检验,是有其科学根据的,而且要讲究早上吃得像皇帝,中餐吃得像大臣,晚上吃得像乞丐。现在有不少家庭不吃早餐或应付早餐,把主餐大餐安排在晚上,这是极不科学的违背规律的生活方式,需要做出调整。另外,要注意饮食少盐少油,清淡养生。

作息时间应当遵循生理规律,尽量做到早睡早起,使体力得到恢复、毒素得到排放。现在不少白领为了事业,常常是加班加点到凌晨,长此以往必定损害身体。时间对每个人都是公平的、有限的。要学会调节好作息时间,晚上最好在 11 点之前灭灯睡觉,早上也不要起得太晚,这样有利身体健康,保持持续发展。

要重视体育锻炼。家庭要在锻炼器材上舍得投资,选择适合自己的项目坚持锻炼,并且持之以恒。

家庭成员要培育健康习惯,远离不良嗜好。一旦染上不良嗜好,将会给家庭带来危害,甚至灾难。

我国现有吸毒人员超过千万,复吸人员的比例较高,有的吸毒人员信誓旦旦不知戒了多少次,最终还是复归吸毒。吸毒不仅损失钱财,而且伤害身体,会使家庭陷入泥潭。在戒毒所里,吸毒人员一旦毒瘾发作,漂亮的女士也不顾了尊严,满地打滚,哭爹喊娘,全无人样。可见,不良生活习惯给人带来的伤害是何等巨大。

培养良好家风、健康社会细胞是一个大课题,又是每个人都面对的必答题,让我们共同做好这张答卷。

爱出者爱返

2016年11月4日晚上，我看见书桌上有一个塔形小折纸，一打开，是小凡宝用稚嫩的小手写下的两行字："我发现爷爷很爱我！"旁边还画了一颗心。

我看后十分感动，于是用手机将其拍照，发到了微信朋友圈，并附言"刚发现小凡宝在爷爷书桌上折了一张她写的感言。内容是'我发现爷爷很爱我'"。这引来150多位朋友点赞评论。

爱是人类永恒的主题，也是最能打动人类的敏感神经。

爱是双向的、互动的，正所谓"爱出者爱返"。

小凡宝之所以写出"我发现爷爷很爱我"这句感言，是她对爷爷6年多来的肯定和褒奖。

我这个爷爷对小凡宝确实付出了深深的爱、浓浓的情。因为小凡宝出生时呛了羊水，一出生就入院抢救，8天后才回家。那些天，我们全家度日如年、心急如焚。

2010年2月1日凌晨，我在顺义妇幼保健医院见到小凡宝时，她睁大着双眼看着我，嗓子里却发不出响亮的啼哭之声。我从看到小凡宝的第一眼开始，就暗下誓言，要用生命来呵护小凡宝。

在小凡宝来到这个世界最需要关爱的时候,却只能独自在医院住院输液,小凡宝没有喝到妈妈的初乳,加之生病住院导致体质娇弱、胆子较小,因此我们全家都对小凡宝关爱有加。

我们除了在生活上精心呵护之外,还尽量满足她的要求。我尽管工作较忙,却经常抽出时间陪小凡宝游玩公园、参观博物馆,帮助她开阔视野、陶冶情操。她喜欢的玩具、小人书,只要提出要求,我都会努力满足她。

我不仅关心小凡宝的饮食,还关注她的大便。她从出生到 4 岁那段时间大便时,只要我在家都会把她的大便拍成照片保存,并根据其形状,提出改进饮食建议。拍小凡宝大便的照片成了我的一种习惯。小凡宝稍大会说话后,大便时就会叫我来拍照,再后来她会要来手机自己拍照。现在我的电脑文件夹里保存了几百张小凡宝的大便照片。我曾戏称:小凡宝的这些大便照片可以申请吉尼斯世界纪录。

小凡宝小时候喜欢到我书房玩,看到我用电脑她就会闹着要坐在我大腿上敲击键盘,要我教她输录“叶凡庆”。看到我写字就会要过笔自己涂鸦。在我这里总能让小凡宝得到满足。

小凡宝喜欢躲在我书桌底下捉迷藏,要奶奶、妈妈找她,如果奶奶、妈妈故意说“怎么找不到小凡宝呀?”“小凡宝怎么不见了呀?”小凡宝就会自己说:“宝宝在这里。”逗得大家捧腹大笑。

小凡宝还喜欢荡秋千,后来成为一个奖励项目。如果小凡宝不好好吃饭时,说“好好吃饭就给你荡秋千”,她立马会把饭吃完。让她躺在小被子上,爷爷、奶奶荡了一次又一次,直到她满意为止。小凡宝还喜欢在家里玩“老鹰抓小鸡”“捞鱼”“萝卜蹲”“丢手绢”

等游戏,每次点名要爷爷参加,爷爷就会放下手中的活参与其中,享受含饴弄孙之乐。

我只要出差外地到旅游景点,都会为小凡宝带回一个刻有"叶凡庆"名字的纪念品。祈求神州大地的山神海仙、先贤圣哲保佑小凡宝,将对小凡宝的深爱浓情寄托其中。

我本是一个坚强的人,这些年却为了小凡宝几次落泪,为她的病痛、为她担忧,有时泪湿枕巾。

为了小凡宝能上一个好些的学校,我们全家做出重大选择,几年前就在东直门外购买了一套朝阳实验小学的学区房。小凡宝读一年级时,我们全家陪读,在学校附近租了一个面积不大的房子蜗居,空置蓝星花园180多平方米的大房子。

小凡宝是一个有爱心又懂事的孩子,但感情比较脆弱,尤其在乎爷爷对她的态度。爷爷在她的心中是一个坚实的依靠,是一个避风遮雨的温馨港湾。爷爷对她说话语气稍重点,她就会难受得掉泪。因此,我这个爷爷只作白脸不作黑脸,只栽花不栽刺,因此也收获了小凡宝对爷爷的厚爱。

有亲友逗小凡宝,你们家里你最怕谁,最不怕谁。小凡宝毫不犹豫地回答:"最不怕爷爷。"有时候小凡宝奶奶说的事,我不乐意做的时候,她就会鼓动小凡宝来向爷爷提出要求,爷爷一般会满足小凡宝的要求,因此,小凡宝就特别得意地说"爷爷最听凡宝的"。作为爷爷我成为小凡宝最不怕的角色,我想我这个爷爷就成功了。

为了辅导小凡宝练习书法,我几年前开始重拾书法,到处拜师访友,不断学习书法知识、提高书法水平。小凡宝4岁时我就有意识地教她熟悉文房四宝,练习书法。对小凡宝的每一点进步都给予鼓励表扬,不断增强她的兴趣与自信,使她的胆量增大。我带她外出参观书法展览时,有时朋友请我留言,当我拿起毛笔时,她也会争着拿起大笔要写字。她作为幼儿园的小朋友,写的字虽然十分幼稚,但她的胆量和欲望却是十分难得。实践证明,凡宝上学之前的书法练习是十分有益的。小凡宝上学后,她的作业书写工整,多次受到老师表扬,使小凡宝感到高兴和自豪,我们全家都感到欣慰。家人都总结认为小凡宝跟爷爷练习书法有成效,并且要求小凡宝再接再厉跟着爷爷继续练习书法。

小凡宝与爷爷感情笃厚。爷爷外地出差时,小凡宝会交代:爷爷要保重身体,不要喝酒,爷爷要早点睡觉,爷爷每天要给她打电话。我在出差时有时忙得晚了没有来得及给她打电话,她就会主动给我打电话,发来她练习书法的照片。小凡宝从一岁断奶开始一直跟爷爷奶奶睡。爷爷如果出差,她常跟奶奶说:“爷爷晚上不在家,我睡觉都不踏实。”

同桌吃饭时,如有好吃的菜,小凡宝会先为爷爷、奶奶、爸爸、妈妈夹菜,然后自己再吃,她说《弟子规》里说的“长者先,幼者后”。中华民族的孝心美德早已在她幼小的心灵里生根发芽。

小凡宝生活在爱的怀抱,老家的老太、爷爷、奶奶、叔叔、婶婶,还有姥爷、姥姥、舅舅、姨妈等亲友也都非常喜欢小凡宝,经常给小凡宝购买玩具、衣物,寄来好吃的,因此家里的各式玩具较多,仅小汽车可以装备一个加强排。

祝愿小凡宝在爱的阳光雨露沐浴下健康成长!

喜获竞走冠军

响应国家全民健身的号召,中国化工博物馆于2016年组织全馆人员在奥林匹克森林公园南园进行了5公里竞走(长跑),分中年和青年两组计算成绩。全馆共20多人参加了此次活动。建华获得中年组冠军,中、青年两组第二名的成绩。李彩萍副馆长为建华颁发了奖品。奖品为小米计步器,希望建华再接再厉、坚持锻炼、身体健康。

建华年轻时曾是体育爱好者,爱好的体育项目较多,20世纪80年代曾夺得过化工部星火化工职工运动会6000米长跑赛冠军。

来北京工作后,由于工作繁忙,体育锻炼较少,体重增加。近年来,建华增加了身体锻炼的时间投入,并给自己订了一个目标,一般情况下,能走路的不开车,绿色出行,每天行走1万步左右,并且持之以恒。结果,体重下降,腿脚灵活,收获良多。

5公里竞走、长跑是对意志和耐力的一种考验。俗话说:"百里九十半。"前面的三四公里相对轻松,最后一公里就会有些累,出汗也多。因为组织活动的目的重在参与,大家都是在身体状态允许的情况下争取速度,都没有尽"洪荒之力",玩的就是开心愉快。

奥森公园是理想的健身场所,那里的塑胶跑道有利于保护膝盖,感觉良好。那里山清水秀、空气清新,在此健身锻炼的市民和团体较多。

要感谢北京奥运会,是北京奥运会给群众留下的遗产。有条件的朋友不妨抽点时间光临奥森公园,分享这里的美丽、汗洒这里的跑道。

物极必反　否极泰来

“物极必反”“否极泰来”是两句成语,也是一种哲思。自然界四季转换,既有火热的夏天,也有严寒的冬天。既有明亮的白昼,也有寂黑的夜晚。月到十五会由盈转亏,人到壮年机体会逐渐衰老。这些现象都说明,“物极必反”“否极泰来”的道理。世间万物是不断变化的,人要学会顺道而为、度势顺变。

当人生得意时,不要轻狂自满;当人生失意时,也不要太悲观。正像古人所说:“荣宠旁边辱等待,贫贱背后福跟随。”一个人一旦得势受宠容易自骄傲满,甚至张狂,容易暴露弱点,引起别人的嫉妒,因此耻辱就等在身边。一个人贫贱之时,为了改变命运,自然会刻苦学习、发奋努力,在与人相处时会谦虚低调,因为这时也没有骄傲的资本,这样向上的因素就会不断增加,命运会朝着好的方向转变,也就是福跟随。老子在《道德经》中讲到“祸兮福所倚,福兮祸所伏”,说的是同样的道理。“塞翁失马”的故事也是祸福转化的经典。

一场少见的冬雪,北京银装素裹。这场冬雪滋润了北京干旱的大地,驱散了盘踞的雾霾,使空气质量达到优良,北京市民尤其孩子特别高兴。凡事利弊共存，大雪在给人们带来益处的同时，也会带来道路湿滑、行走不便，行车风险加大的不利。

恰逢新周开始，我们开车上班族心存纠结，担心路滑车多。然而，当车辆行驶在路上时，顾虑被逐渐打消。道路并没有想象的那么滑，京承高速上的冰雪还被辛勤的路政人员播撒的融雪剂消除了。虽是周一，并不像往常的车辆那么多，可能是许多开车族怕雪天路滑放弃了开车，改乘其他交通工具，因此，开车到单位比平时车速更快，比平时用时更少。

由此，“物极必反”“否极泰来”的感悟油然而生。

北戴河作协会议花絮

2017年7月9日至12日，中国作家协会在北戴河创作之家召开了“全国重大文学题材创作规划暨创研工作会”。此次会议由中国作协创研部负责召集，中国作协书记处书记、副主席李敬泽出席会议并作动员和总结讲话。会议由中国作协创研部副主任李朝全主持，中国作协创研部领导、各省市区和10多家行业(产业)作协领导50多人参加，建华代表中国化工作协参加，现将其中的几朵花絮与大家分享。

临时受命

中国作协为了贯彻落实中国作协第九次全代会精神，推出更多反映时代呼声、展现人民奋斗、振奋民族精神、陶冶高尚情操的精品力作，决定2017年7月9日至12日在北戴河创作之家召开“全国重大文学题材创作规划暨创研工作会”，会议邀请函于6月22日发出。

因考虑中国化工作协名誉主席于万夫先生近年创作的《大国工匠》长篇报告文学即将出版，这部书的主人公李国才是吉化公司的一个管工班的班长，创造了200项发明，为国家做出了突出贡献，被评为省、部劳模，并被晋升为化学工业部副部长，在任副部长期间仍然兼任吉化公司管工班班长一职，由副部长兼任班长，这在全国独无仅有。于万夫先生古稀之年深入采访，煮海为盐，为了查找李国才同志的档案资料，建华曾在北京接待过于万夫先生并为他查阅档案资料提供方便。于万夫先生经过几年的勤奋笔耕，终于完成了他的心血之作。原本想在北戴河会议上，由他亲自向中国作协申报重大文学题材创作扶持计划。万夫先生考虑到自己年事已高，听力不便，不宜参会，因此向钱玉贵主席和刘鹏凯执行主席提出由建华参会为好，理由是建华本身是中国作协会员，属于报告文学实力作家，组织与表达能力较强，又在北京工作，便于与中国作协和中国石化联合会领导沟通联络。

2017年7月3日晚，鹏凯给我打来电话，说玉贵与他商量决定由我参加北戴河中国作协会议。因中国化工作协7月8日至9日在江苏泰兴黄桥黑松林粘合剂公司召开规划重大文学题材专题会议，中国化工作协名誉主席、中国石化联合会会长、党委书记李寿生亲自出席会议。我参加黄桥会议之后，9日从江苏直接去北戴河报到参会。

我当时觉得很是突然，询问鹏凯，不是万夫主席参会吗？怎么临时让我去参会？鹏凯说了一番大致是万夫主席提出的理由，希望我代表化工作协参会并把近期的工作向中国作协做一个汇报。其实，我手头工作也很忙，但玉贵和鹏凯两位领导做出了安排，我作为中国化工作协副秘书长义不容辞，并且受人之托、忠人之事。于是，我利用业余时间按照会议通知要求撰写了书面汇报材料，发给玉贵和鹏凯等领导审核修改,然后定稿打印。

建华肩负着中国化工作协使命,临时受命参加北戴河作协会议。

直奔戴河

2017年7月8日,在江苏泰兴黄桥黑松林粘合剂公司召开的中国化工作协会议,是一次贯彻落实中国作协九次全代会会议精神,确定今后几年中国化工作协重大文学题材创作规划的专题会议,参加这次会议的有中国化工作协领导、理事、中国化工政研会、经济技术发展中心领导及曾经参与1996年出版的《中国化工风云录》大型报告文学创作的作家。由于李寿生会长参会,江苏省化工行业协会会长秦志强,泰兴市、黄桥镇领导前来参会指导,尽地主之谊。在8日召开的专题会议上,与会代表集思广益、畅所欲言,就如何创作《中国化工风云录》的姐妹篇——《中国化工:由化工大国走向强国的跨越》(暂定书名)大型报告文学进行了热烈而认真的讨论。会议初步确定,该大型报告文学重点报告1996年以来中国化工在科技、产业、国际化经营等方面跨越发展,具有国际影响力,为实现强国梦做出突出贡献的化工企业(科研院所、化工园区)。本书篇幅30万字左右,作为国庆献礼大礼包,将在2018年10月1日前出版面市。会议还就报告主题、重点企业、组织机构、主创人员、篇章结构、全书篇幅、操作方式、时间节点,以及经费来源等具体事宜进行了深入研究,并达成共识。与会人员热情高涨、信心满满,纷纷表示要创作新时代精品力作,瞄准国家"五个一"工程文学标准进行规划操作。

建华参加完黄桥会议后，9 日上午从无锡东站乘高铁往北戴河创作之家报到。从北戴河车站下车后，出站仍要查验身份证，行李要过安检。建华出差不少，但出站行李要过安检还是头一次。这就是美丽的北戴河，特殊的北戴河。

北戴河是多产故事的地方。特别有意思的是，我在北戴河偶遇了内弟一家，为此十分欣喜。欣喜之余，唯有畅饮方能释怀。短暂的两个小时之后，内弟全家乘高铁北上沈阳。此次偶遇当成佳话，永存记忆。我即兴赋诗一首：

兄弟偶遇北戴河，犹讲故事写小说。
相逢畅饮一壶酒，有缘无处不飞歌。

当我来到位于北戴河安一路上的中国作协北戴河创作之家时，熟悉的大门、熟悉的小楼映入眼帘，非常亲切，尤其是熟悉的犹如大伞盖般的核桃树比 2015 年更加枝繁叶茂、硕果累累，结满果实的树枝已经低垂至地面。创作之家院中的核桃树不就是中国作协近年来精品力作硕果累累的真实写照吗？建华曾于 2015 年在此休假，领略了北戴河的美丽景色，结识许多文坛名家，并且之后有一些延续着友谊、分享着快乐。

后排落座

参加此次中国作协北戴河会议人员较多，创作之家房间不足，我和部分作协领导及《人民日报》《光明日报》《文艺报》媒体记者被安排到了附近的吉程宾馆住宿。

10 日的大会 9 点开始。在作协团队中，省、市、区地方作协属

"吃皇粮"的机构,有正规编制、财政拨款、配有专职人员,尤其是一些文化大省,作协比较强势,支持力度很大。特别是中国作协九次全代会之后,各地作协更加受到重视。行业作协虽与地方作协平级,但产生的历史较短,没有正式编制和财政拨款,专职人员也较少,在很大程度上靠作协主要领导的热心程度、人格魅力在运行。目前,十几家行业作协大多挂靠在企业或报社或杂志社。行业作协在中国作协序列中自然属于轻量级别。

我走进会场后,环视四周,在比较偏僻的后排找到了我的座签。于是,自我安慰道:"坐在什么位置并不影响会议收获和学习效果。就像球类比赛,后备队伍要按主力队员准备。"

受人之托

10 日上午的会议由中国作协创研部副主任朝全主持,敬泽副主席作动员讲话。敬泽副主席分管创研部工作 7 年之久,可谓是资深领导。他的通篇讲话充满着创新精神,对今后的重大文学题材创作提出了一系列改革创新思路,令与会代表深受鼓舞和激励。

按照会议惯例,大会之后是分组讨论。讨论的议题是贯彻落实领导讲话精神,介绍本协会关于重大文学题材创作规划,对中国作协创研工作改革创新的建议。

建华被分在 2 组,与 10 多个省、市、区作协和金融、水利、电力、煤炭、中石油等行业作协领导同在一组。其中有几位老朋友,大多为新朋友。朝全副主任主持了 2 组的交流讨论。

建华按要求准备了发言材料,因刚参加完中国化工作协专题研究重大文学题材创作规划的黄桥会议,根据这次会议精神又补充了新鲜素材,着重突出了化工行业特色。建华满怀激情的发言得到大家的肯定。

小组讨论会结束后,需要推荐5位代表在11日上午大会上发言交流,其中地方作协代表4位。行业作协代表1位,大家一致推荐建华作为行业作协代表做大会发言交流。又一项临时任务落在了建华的肩头,虽然来得突然,只能一肩挑起并且不辱使命。

为了做好11日的大会发言,建华会后认真准备了发言材料,因为建华代表的是行业作协,不仅要把化工作协确定的《中国化工:由化工大国走向强国的跨越》《中国化工百年史》大型报告文学和万夫先生的《大国工匠》等重大文学题材创作规划汇报上去,而且要把其他行业作协在小组会上介绍交流的工作亮点体现出来,把参会者的心声表达出来。好在建华有勤于做会议记录的习惯,找出记录本,精心提炼出各家行业作协的亮点和重点收入发言稿。建华还精心设计了发言的开头与结尾。发言的题目是"数风流人物,还看今朝"。受人之托,忠人之事,是建华的处事原则与行为习惯。

山重水复

11日,建华早上起来修改完善了发言稿,存入U盘,还发微信到爱人手机上,构筑了"双保险",希望能找到打印店打印出书面文稿发言之用,如实在不能打印就用手机上的微信稿。

因北戴河创作之家没有打印设备,我在联峰路上找了一家宾馆,与值班姑娘交流帮助打印事宜,得到了姑娘的同意,但插入U盘后无法读出,反复试了几次都不奏效。于是,我打一出租车到安一路旁的一家打字复印店,但小店没到开门营业的时间,大门紧闭,于是请出租车师傅开到了巨泰宾馆碰碰运气。这家宾馆的值班姑娘也是热心肠,听完我的求助之后表示愿意提供帮助,但U盘插入后也无法读出,反复试了几次也还是不行,这个U盘关键时刻掉了链子。于是,我与姑娘商量通过微信传到她手机上是否可以。姑娘说可以,我扫了姑娘的微信,这个美丽的姑娘叫瑶瑶。我便把发到爱人手机上的微信稿转给瑶瑶,结果却发现只有后半部分,没有前半部分。我当时疑惑不解,明明验证过已发出,这样“双保险”全都失效。

思索不出其他的解决办法,只得打出租车到住处,准备从电脑上重新发给瑶瑶姑娘,请出租车师傅在楼下稍候。我到房间后,从电脑上用微信(因微信一次最多只能发2000字)分两次发给了瑶瑶姑娘。出租车开出后,我查看了一下,瑶瑶姑娘的微信还只是收到了后半部分而没有前半部分的内容,无奈只得请出租车司机调头,回到房间把电脑提上,准备能打印则打印,不能打印就读电脑里的发言稿,以保万无一失。

北戴河的气温也进入了高温序列。此时,我已汗流浃背。乘出租车再次来到瑶瑶姑娘的巨泰宾馆,与她商量如何将我电脑的发言稿转入她的电脑。她说没有U盘无法转。我询问能否接通我的电脑打印,她说不行,他们是内部局域网。

这次北戴河遭遇了双重保险失灵,问题出在哪里,不得而知,好在我还有后手,实在不行就带上电脑读屏发言,我的心情并不急躁。

柳暗花明

巨泰宾馆的主管一直在默默关注着我和瑶瑶姑娘的交涉，见我们难题不得其解时，他给出了一个重要提示：可能是文稿中有敏感词汇被网管屏蔽了，因此微信发不过来，把敏感词汇处理后，可能就能发出来。

一语提醒梦中人，应该是里面有高层领导的名字及在中国作协九次全代会上讲话的内容，使用普通微信发送时出现敏感词汇就会屏蔽。于是，我对微信内容进行了脱敏处理，再发给瑶瑶，结果发送成功。瑶瑶姑娘将两部分内容进行了编辑，帮助打印了5张纸的文稿交给了我。

我提出按规定交付打印费。瑶瑶姑娘却说不用交费，并且态度十分坚决，令我十分感动，北戴河的好人多。我说，十分感谢您的帮助，您既然不收费，那我送给您一个纪念品吧。她说不用。我说，您应该会喜欢的纪念品。我从公文包里拿出了我书写的一幅横排毛泽东诗词《沁园春·雪》。瑶瑶姑娘说，您的礼品太珍贵了，我不能收。我说这是我自己写的，请您一定要收下，她才收下，并拍下照片留作纪念。折腾了一个多小时，终于将发言稿打印成了书面材料，为大会发言交流做好准备。

真可谓“好事多磨”。

行业亮相

为了准确无误，建华在大会开始前，与金融作协副主席龚文宣和电力作协副主席潘飞就其作协的重大文学题材创作规划内容进行了核实与补充,并征求了他们的修改意见。

9点前,我进入大会会场,到前一天的后排找座位,但没有找到我的座签。服务人员提示,您的座签已经放在了前排发言席上。文宣副主席笑言:“发言人的待遇立马不一样了。”

上午大会交流由朝全副主任主持,并且事先对每一位发言人提出了10分钟限时要求,要给敬泽副主席留下总结讲话的时间。按照会议安排,江苏省作协副主席汪政、湖南省作协副主席马笑泉、内蒙古作协秘书长赵富荣、山东省作协副主席李军、山西省作协副主席张锐锋、上海市作协创研室主任薛舒、西藏自治区作协秘书长罗布次仁、延边作协常务副主席郑风淑、国土资源部作协副主席徐峙等9位代表依次发言。以上发言人大多是地方和行业作协资深领导和著名作家。他们提出了许多好的建议,介绍了本单位的做法和经验。有的发言人兴趣所致超时间较多,给主持人出了难题;有的发言人照着事先准备的稿子一字不差地念。从会场的气氛看得出,越接近尾声听众越失去耐心,许多与会者流露出不悦之情。我注意到,发言代表大都只介绍本作协的经验与亮点,而没有展现本组其他作协的经验与亮点。

我觉得作为发言代表,应该尽量将所代表的作协的经验与亮点在大会上亮相。

我是最后一个发言代表。我还没有开讲,主持人就提示,请掌握时间,不要超时。我理解,这是会议潜规则,重量级人物若超时,主持人不便打断,一般人的发言是容易被打断提醒的。为了避免发言被打断的尴尬,需要审时度势,在有限的10分钟时间里展现重点、亮点吸引听众,因此给我的发言带来了挑战。好在我积累几十年的参会、发言、演讲经验,对如何掌控不同场合的发言、演讲有着深入的研究,曾被授予“中国人力资源公益论坛学术指导专家”。因此,我对每次发言都充满自信,我的每次发言都会审时度势、要言不烦。

要使发言取得良效,需要制造亮点,将严肃的气氛活跃起来,使疲劳的听众关注与共鸣。看看建华是如何在全国著名作家云集的高层论坛上制造亮点和活跃气氛的。

活跃气氛

为了活跃会场气氛,让听众绷紧的脸部神经放松,我发挥了中华人民共和国文化部高级书法家和中国书法家学会会员的优势。我说:“为了活跃气氛,我为咱们北戴河创作之家创作了一幅书法作品,书写的是毛主席的《沁园春·雪》,希望将这幅书法作品代表咱们这次参会的作家留存在创作之家。”我展开了用隶书书写的书法作品后,创作之家的代表前来接受,并合影留念。整个会场气氛立刻活跃了起来。我说:“这首诗词大气磅礴、雄视古今。人们尤其喜欢最后一句‘数风流人物,还看今朝’,那么我发言的题目就是‘数风流人物,还看今朝’。”

我说:“我的发言代表着金融、水利、煤炭、电力、石油、化工 6 家行业作协的汇报,6 家作协本来需要 60 分钟,但我努力精简到 10 分钟以内。”展送书法作品,一下子活跃了气氛,提高了与会者的兴趣。接着,我设计了一个富有诗意并引起大家对行业作协重要地位认识的开篇,开篇的文字是这样的:

秦皇岛、北戴河历史悠久、源远流长,是有故事的城市,是让人浮想联翩的城市。我在想这样一个问题，既然有了省、市、区块块作家协会，为什么还要成立行业条条的作家协会呢？我的理解是因为行业对国计民生、国家安全特别重要。比如，如果没有化工行业生产的化肥，全世界将有一半人吃不饱饭饿肚子，民以食为天，这无疑是天大的事情；如果没有化工行业生产的化纤产品，中国人使用布票购布的历史还会继续，更谈不上今天的丰衣添彩。中国作家协会遵循哲学原理，善于抓住主要矛盾的主要方面。因此，行业作家协会在全国重大文学题材创作规划工作中，已经成为重中之重、要中之要，已经站在了重大文学题材创作的高原，并且具备了迈向高峰的优势基础。因此，我们行业作协有理由对未来重大文学题材创作规划充满自信。

然后，我从“提高认识，明确任务；部署规划，确定选题；加强组织，整合资源；改革创新，助推精品”等四方面做了汇报交流。

一篇发言，不仅要有好的开头，而且要有一个精彩的让人回味无穷的结尾。我的结尾仍然切入行业作协的特点，提出了我们的不足与努力方向。结尾的文字是这样的：

我们清醒地认识到，行业作协与省市区老大哥作协相比，存在着历史渊源、体制机制、专职人员、经费来源等方面的弱势与不足。我们今天还比较弱小，但小的也可以是美好的，弱小预示着有更大的发展空间。同时，更需要得到中国作协和各地方作协的大力支持。希望与地方作协加强合作、整合资源、同心协力、共同进步。

伟大的新时代并不缺少真善美的故事，而是缺少发现真善美的眼睛和激情泼墨的作家。我们这一代作家有幸见证了伟大的时代,通过我们的努力,必然会产生伟大的作品。

数风流人物,还看今朝!

我的发言时间刚好控制在10分钟以内,获得了热烈的掌声,取得了较好的效果。主持人朝全点评时对我的发言给予了充分肯定。他说:“建华用诗一般的语言做了一个很好的发言。”也许是鼓励我时间控制得比较好。

会后,几位行业作协的领导对我的发言点赞鼓励。水利作协刘军秘书长说:“我们选您做代表选对了,下次开会我们还选您做代表!”金融、电力、煤炭作协领导都对我表示了感谢。

领导点赞

北戴河会议结束后,我向中国化工作协领导提交了会议情况及贯彻会议精神建议的书面汇报。他们也对我的大会发言及贯彻建议表示了肯定与鼓励。

李寿生会长说:“建华,您很努力,会议成果很大,能作为两个协会之一在大会上发言,也不容易!会议几点贯彻意见也很实在具体,待您返京后,咱们几个人再把具体落实工作深入研究一下,抓紧往前推进!”

寿生会长是一位受人尊敬的领导,他不仅位高权重,而且平易近人、关爱下属。他是一位善于思考、勤于笔耕、文笔优美的领导。他尽管工作非常繁忙,但仍然笔耕不辍,曾有报告文学获得中国作协大奖。近年来,每年都有精品力作问世。

寿生会长对建华关爱有加,建华10多年来有幸得到寿生会长的教诲。尤其令建华感动的是,2016年建华根据在南京化学工业公司征集的史料撰写的报告文学《大厂传奇——范旭东等前辈在南京卸甲甸旁激荡的历史风云》，得到了寿生会长的肯定。他提出了很好的修改意见，并亲自给《中国化工报》社社长、总编辑写信，安排该报整版刊发。报社领导安排将该文以整版篇幅刊登在2016年10月13日《中国化工报》第6版。该文还被寿生会长收入大型报告文学《中国化工风云录》再版一书。这本1996年出版的大型报告文学在再版时仅增加3篇文章。建华的这篇文章为3篇之一，令建华十分感激。

寿生会长还对建华的书法给予肯定，将建华的书法作品作为出国访问礼品，先后赠送给日本三井社长淡轮敏、日本三菱社长小林喜光、美国科思创大中华区总裁盛秉勇和胡迪文等跨国公司企业家，为建华的书法作品走出国门架起了桥梁。

钱玉贵主席说："建华辛苦了，下一步争取把我们的报告文学打响。"

中国化工作协名誉主席于万夫说："建华有功，这么短时间，做了充分准备，不容易，为化工争光。"

中国化工作协执行主席刘鹏凯说："兄弟辛苦！谢谢你为中化作协赢得发言机会以及所争荣誉向你致敬！汇报材料及打算写得很棒，也很全面，我想再与钱主席通一下气，再排个计划好吗？祝一切顺利！"

记下以上北戴河作协会议的9朵花絮，旨在揭示"事在人为""天道酬勤""分享为乐""受人之托，忠人之事"的道理与真谛。

分享“三个一”　同心著“史记”

——在天津会议上的即兴发言

写在前面的话：为了落实《中国化工风云录》姐妹篇《中国化工：由化工大国走向强国的跨越》（暂定名）报告文学的创作规划，2017年9月15日，中国石化联合会会长李寿生在天津滨海新区主持召开了有20家单位（17家石化企业和3家化工园区）主管宣传领导和宣传部长及主创人员参加的专题会议。

寿生会长首先讲话，他向与会同志介绍了创作《中国化工：由化工大国走向强国的跨越》（暂定书名）的背景由来、20家单位的挑选标准，以及创作组织、成书篇幅、出版时间等问题。寿生会长还在会上隆重介绍了中国化工作协钱玉贵主席、朱建华和叶建华三位作家，由两个建华牵头组织采访、顶层设计、指导创作。20家单位的代表陆续发言表态，大家一致认为这是一件很有意义、值得倾力做好的事情，并表示从人力、费用上大力支持。钱玉贵和朱建华分别就本书的创作问题提出了意见和要求。朱建华还对自己的创作成果做了介绍。

原本安排一天的会议，后来压缩到半天。前面20多位代表讲话、发言结束时,时针已指向12点10分,坐了3个多小时的与会者大多有疲倦之感。我作为最后一个发言,自然是难度更大。该说的前面的同志都已经说过了,不出新意是提不起与会者兴趣、起不到好效果的。而我作为寿生会长隆重推出的作家,首次见面讲话,将会定格印象,不能让别人看不起。

当主持人李铁主任介绍:下面请作家叶建华发言时,我做了以下即兴发言。

首先感谢寿生会长和玉贵主席为我提供了一个学习机会!听到了石化行业领军企业领军领导的精彩发言,受益匪浅。

会议已接近尾声,我占用大家几分钟时间,有“三个一”与大家分享。

一是让我们穿越2000年的时空去认识一个人。

众所周知,在我国历史上有名有姓的皇帝有四五百个,每个皇帝都是当时人们最崇拜的明星,而到了今天,我们还能说出多少个皇帝的姓名,如果不是研究历史的学者、专家,可能绝大多数都说不出来了。而稍有文化的人,大都知道司马迁这个名字。为什么呢?是因为司马迁创作了一部被鲁迅先生称为什么(此时,寿生会长等一起互动说出“史家之绝唱,无韵之《离骚》”)的《史记》。这部《史记》记载了从黄帝到汉武帝3000多年间的历史,共130篇,分为本纪、世家、列传等。因此,《史记》也就成为3000年权威的史料,也成为后世志书、纪实文学乃至报告文学的楷模。它的影响力穿越时空,光耀史册!

寿生会长策划的这部石化行业报告文学就是一部当代的石化行业“史记”。这部“史记”将会随着时间的推移,它的意义会越来越重要。我们参与编写这部“史记”的同志，也就是当代的“司马迁”。因此，我们是在做一件石化行业铭记历史、光耀史册的大事，我们还有什么理由不努力做好呢？（这段讲话一下子激发了与会者的兴趣，大家投来了赞许的目光）

二是让我们同心协力创作一部精品力作。

我们相聚在这里，就是要探讨创作一部当代石化行业如何由石化大国走向石化强国的精品力作。这部作品要以内容为王。这部作品里面装的内容就是在座的 20 家单位在改革发展、开拓创新、勇创一流中的故事、经验和风采。

我有幸参与寿生会长召集的小范围讨论四五次，20 家单位是反复精挑细选而产生的。你们能够入选都是很不容易的。

大家可能知道有一个“三行”的说法，即首先要自己确实行；其次要有人说你行；最后也是最重要的是说你行的人行。

今天所挑选出的 20 家企业，自己确实行，也有人说你们行，而且说你们行的人是中国石化行业最权威的专家和领导寿生会长。因此，你们是幸运的，应当倍加珍惜这个机会和荣誉！

为了把咱们的这部作品打造成精品力作，寿生会长和玉贵主席今年 8 月 8 日在江苏泰兴黄桥黑松林粘合剂公司主持召开了这部作品的创作研讨会。会上初步确定了入选企业、主创人员、成书篇幅、出版时间等内容。我受寿生会长和玉贵主席委托，8 月 9 日直接从无锡东乘高铁到北戴河的中国作家协会创作中心参加了全国重大文学题材创作规划及研讨会。我在分组讨论会上带来了黄桥会议的鲜活内容和石化行业重大文学创作规划，我的发言得到大家的称赞，大家推选我作为 13 家行业作协的两个代表之一做大会交流发言。我利用大会平台宣传了石化行业，介绍了准备创作的这部精品力作，得到中国作家协会领导和与会代表的肯定。根据中国作家协会重大文学创作题材申报的新规定，要等作品创作完成 70% 以上之后正式立项，全国每年规划立项 20 部重大文学题材作品。我希望通过大家的共同努力把这部作品打造成全国的精品力作，让中国作家协会主席铁凝和中宣部部长刘奇葆说我们行！（此时大家兴致更浓，不少领导在与我眼神交流时点头微笑）

三是让我们通过此次活动培养一支年轻的作家队伍。

发展新会员是中国化工作家协会的重要任务，我们一直在做新会员的发展工作。通过这部作品的采访、创作过程，我们希望能够发现一批作家，尤其是青年作家，吸收他们进入中国化工作家协会队伍，注入新鲜血液。

我们所处的时代是一个伟大的时代，我们石化行业不缺少真善美的故事，而是缺少发现真善美的眼睛，更缺少记录、创作真善美的作家，因此培养一支石化行业的作家队伍意义重大、刻不容缓。当今社会普遍诟病石化行业，有的地方甚至谈化色变，将石化行业妖魔化。我们不能仅仅是责怪社会和网络媒体，而是要检讨自己做得不够，我们的宣传发声不够，不到位。因此，我们在发力抓生产、经营、管理、科研的同时，要用心宣传石化行业的真善美，讲好石化行业的故事，将一个客观、真实的石化行业呈现给社会、呈现给民众。作家要有责任担当，要发挥好作用。

建华在这里也做一个简介，有利于相互了解、建立信任。

建华是江西人，曾在化工部星火化工厂、中国蓝星集团公司、中国化工集团公司工作，曾担任《信息早报》总编辑和中国化工集团公司政策法规部和监事部等部门主任，一直从事文字工作，是文学爱好者，中国报告文学学会会员、中国作家协会会员，先后出版10多本文学作品，其中有在中央文献出版社出版的报告文学集《勇立潮头》。这些作品都是市场化运作，受众读者较多。

建华与天津有缘，曾应邀为天津电网公司讲过“报告文学写作”培训，为天津大港油田处级领导干部做过“道家的人生智慧”讲座，今天有幸在天津与石化行业领军企业的领军领导结缘，希望大家在今后的工作中给予大力支持，谢谢各位！

寿生会长做会议总结时多次引用建华的发言内容。会议结束后，石化经济技术发展中心穆阳女士说我的发言太精彩了，给予点赞。朱建华老师说：“建华的发言出乎我的意料，出了奇招。当时我还在想，前面20多位领导的讲话发言该说的都说了，关于写作方面的事玉贵主席和我都讲到了，建华最后一个发言还能讲什么呢？真替你担心。没有想到，你从2000年前的司马迁讲起，一下子震惊了全场。整整10分钟的发言精彩纷呈，讲话的水平太高了，让我刮目相看。”

我说：“感谢朱老师谬赞！你永远是老师。因为我最后一个发言，大家的耐心到了极限，我肯定不能炒你们说过的剩饭，必须另出奇招，新颖震撼，才能取得好的效果。因为，我们的首次亮相，代表的不是个人，而是寿生会长力推的知名作家，我们要为寿生会长争光，不能被别人看不起。所以就想到了以讲‘三个一’开篇，让大家明了提纲。另外，选了一些能够引起共鸣的切合时宜的历史典故和坊间传说，这样会增强发言效果。”

朱老师对我的发言一再肯定,并且在天津的文友袁青怀陪同游玩天津古文化街的途中多次提起我的发言之事,我的发言能得到朱建华老师的肯定也是一件不容易的事情。

诗书世界杯

2018年6月14日至7月15日，第21届世界杯足球赛在俄罗斯举行，32 支球队激情燃烧赛场。建华喜欢足球，每场比赛之后都会以诗书的形式对比赛做一个简单的评点。本篇精选了部分评点作品，希望读者喜欢。

熊威揭幕

俄沙首秀傳奇聞
熊威又斷富豪魂
主場人和與地利
留下歡樂耀家門

歲在戊戌夏月蔡建華書於京

双平大战

以牙還牙互廝殺
雄心勃勃欲稱霸
西羅帽子建奇功
平分龝色均不寡

歲在戊戌蔡建平書於京

袖珍之國是厚礼

摩哥場上屢稱雄
东料厚禮送烏龍
波斯笑納心窃喜
袖珍知耻或建功

时年戊戌夏月萧建华书

视频裁判首登场

高卢雄鸡头高昂
袋鼠不慎被啄伤
视频裁判首登场
上帝之手无处藏

时序戊戌萧建华书於北京

扶桑建功

哥隊小夥疲奔命
鑼聲剛響少一人
扶桑頭腳齊發力
勝卷穩操全鳴金

歲在戊戌夏月蔡中建并書於京

利牙撕哥

芒枝豔麗難結果
勞而無功摩洛哥
杯具又遭利牙咬
枝不如人先回國

歲在戊戌夏[illegible]書於京

蘇神建功

門將脫崗成空門
蘇神輕鬆再建功
兩戰歸來中六箭
知恥後勇苦練兵

歲在戊戌夏月蘇建華書於京

新星闪耀

自古英雄出少年
新秀娥巴已露尖
一剑封喉秘鲁泣
期诗雄鸡拨吉弦

时在戊戌夏月蔡建平书于京

宝刀寒光

寶刀寒光藏玄機
反敗爲勝斬強敵
技不如人塞球少
種下苦果慢慢吃

歲在戊戌夏月小暑日建華書於北京

紅魔盛宴

歐洲紅魔再發威
北非狐狸吃大虧
盧阿梅花開二度
有人成名有人悲

歲在戊戌葉建華書於北京

战車修复

戰車受傷仍頑強
永不言敗有希望
絕處逢生創奇跡
勵志教材耀偉光

歲在戊戌蔡建華書於北京

西罗失点

足球魅力在出奇
西羅失點喪良機
不敵海盜低一等
兇險對決烏拉圭

歲在戊戌葉建新書於北京

夏日化冰

遭遇刻星運難好
技不如人被人搗
格子昂首十六強
夏日高温化冰島

时序戊戌蔡建華書於北京

戰車傾覆

東方智慧耀光輝
太極陰陽顯神威
衛冕戰車遭傾覆
韓國歡笑德國悲

時序戊戌夏建華書於北京

天王謝幕

妙招絕技皆驚心
高盧雄鷄鬥雄鷹
梅西從此謝幕去
足球天際耀新星

歲在戊戌葉建華書於北京

葡萄下架

黃金探險入死地
鐵血軍團呈祥瑞
頭腳建功卡瓦尼
雨打葡萄滿眼淚

时序戊戌夏建华书於北京

蝴蝶折翅

桑巴蝴蝶兩相撕
兄弟操戈俄羅斯
蝴蝶不幸折雙翅
且看桑巴戰強師

歲在戊戌葉建華書於北京

三獅屠鷹

三獅施法鬥神鷹
平分穩色不稱臣
點球大戰決勝負
載爾一腳定乾坤

時在戊戌葛逸之集書於北京

雄鸡吞龟

八强首战燃硝烟
摩拳擦脚勇争先
道法不及龟丧命
高卢雄鸡成四仙

戊戌小暑蔡建新书於北京

桑巴止步

桑巴舞蹈嘎然止
自擺烏龍破城池
紅魔作法得神助
收獲兩全列四席

戊戌小暑蔡建華書於北京

三狮开颜

獅子頭硬連破門
北歐海盜無功動
與隊故事再續寫
瑞軍不瑞已斷魂

歲次戊戌蔡建華書於北京

格子克熊

克俄大戰白熱化
格子軍團運氣佳
熊因失點腳步止
家門表現世人誇

時序戊戌蔡[illegible]書於北京

雄鸡灭魔

法國雄鷄戰紅魔
一劍封喉血成河
昂首高臺將問鼎
時運不濟走下坡

歲次戊戌葉建華書於北京

格军斩狮

反败为胜斩三狮
格子史册刻新书
艰苦卓绝献精彩
神坛决战斗高卢

岁在戊戌 蔡建昇书于北京

魔滅三獅

世界盃賽近尾聲

英比火拼爭季軍

紅魔兩劍三獅慘

秣馬厲兵待下輪

歲在戊戌夏蔡達峰書於北京